蒼空時雨
綾崎 隼 Syun Ayasaki
イラストレーション／ワカマツカオリ

目次

蒼空時雨

綾崎 隼
Syun Ayasaki

イラストレーション／ワカマツカオリ

登場人物

舞原 零央（まいばら・れお）……主人公

紀橋 朱利（きのはし・しゅり）……隣人

譲原 紗矢（ゆずりはら・さや）……居候

楠木 風夏（くすのき・ふうか）……零央の先輩

楠木 蓮（くすのき・れん）……風夏の夫

朽月 夏音（くちづき・かのん）……風夏の姉

朽月 稜（くちづき・りょう）……風夏の兄

第一話

ヤコブの梯子で雨宿り

舞原　零央

前篇

1

好きな人が好きな人を、強がりではなく好きになれたらいい。そりゃ、俺《おれ》だって、そんなことを思う夜はある。夢は必ず叶《かな》うとか、陳腐な励ましの言葉に、心を預けて楽になってしまいたいと思うことだってある。だけど、夢が叶ったところで、本当に好きになった女に想われたところで、そいつが何だってんだ？

俺の人生には、運命の出会いも、思い描き続けていた夢の実現もない。一つぐらいは叶うだろうと、安易に夢想していた未来は、突き付けられてみれば無残なものだった。

明日、生誕二十六年目を迎える。

きっと、次の一年もこんな感じで過ぎていくのだろう。

二十三時五十三分。

叩《たた》きつけるような強烈な雨が、風に流されて容赦なく身体を濡《ぬ》らしていく。昨日の梅雨入り宣言を忠実になぞるかのごとく、朝から崩れた天気が続いている。

　ようやく帰途につくことが出来たとはいえ、気分の高揚などまるでない。早く家に帰って熱いシャワーを浴びたい。そんなことを考えながら辿《たど》り着いた、築二十年の古びたアパート。そのエントランスに、うつぶせになるような形で誰《だれ》かが倒れていた。こんな土砂降りの中、雨ざらしのまま眠りにつく人間などいない。慌てて駆け寄る。

　倒れていたのは女性。吹きつける雨風に全身が濡れている。濡れた髪が邪魔をして、表情はよく見えないが、意識を失っている。肩をゆすった後、反応が無いので抱き起こした。

「大丈夫ですか？」

　返答は無い。バッグから携帯電話を取り出すと、プッシュボタンを押していく。その時、腕を強く握られた。

「大丈夫……です。……警察には電話しないで下さい」

　消えそうな声だった。唇は青白く、生気を失っている。呼ぼうとしていたのは救急車だったが、ひとまず携帯を閉じた。

「気付いたんなら良かった。ここじゃ濡れますよ。部屋まで運びましょうか？」

　女は咄嗟《とっさ》に首を横に振る。それで初めて顔を見ることが出来た。見覚えのある顔ではなかったが、元よりアパートの住人など把握していない。見た感じ二十歳前後といったところだろうか。血の気が引いて白い顔をしているが、今にも死ぬということはないだろう。

「歩ける？」

女は一つ頷《うなず》いた。

「そう。それなら、良かった。お大事に」

これ以上の手助けは逆に迷惑かもしれない。そう判断して立ち上がった。だがその瞬間、今度は腕を強く引っ張られた。

「待って下さい！」

悲鳴。それに近いと思った。

「まだ動けそうにない？」

「いえ……。私、このアパートの住人ではないので……」

うちのアパートは二階建てだ。一階、二階、共に七部屋ずつ。

「誰か知り合いの家に来たってこと？　呼んでくるよ。何号室？」

だが、女はその提案にも首を横に振った。

「別に、知り合いがいるわけでもないんです」

「じゃあ、何でこんなところで？」

女の話はどうも要領を得ない。

「あの……。すごく頼みづらいんですけど……。身体が凍えそうで……」

「そりゃあ、まあ、そんな格好じゃな」

六月に入ったとはいえ、外は雨風。ブラウスにカーディガンを羽織っただけの薄着では、風邪も引くだろう。

「だから、あの、シャワーを借して頂けませんか？」

「はあ？　うちでってこと？」

神妙な面持ちで女は頷く。

「震えが止まらないんです」

女はすがるような瞳《ひとみ》で俺を見つめていた。

「まあ、バスルームを貸すぐらい、別に構わないけど……」

そんなお願いを、見知らぬ男にするのはどうなんだ？

「本気で言ってるわけ？」

再度、女は頷いた。

「狭いよ、このアパート。ユニットバスだし」

「はい。それは大丈夫です」

いったい何なんだ、この女は。何が大丈夫なのかは分からないが、これ以上、雨風にさらされながら話を続けるのも御免だった。

「じゃあ、ついてきて」

心配を通り過ぎて、不審な思いも抱きながら、彼女を部屋へと案内した。


バスルームをノックしてから、シャワーを浴びている女に聞こえるよう、大きな声で告げる。

「バスタオルと着替え、ジャージだけど、置いておくから」

「ありがとうございます」

ドアの向こうから、バスルーム独特のこもった声が聞こえてきた。

女には身に着けていた物以外、一切所持品がない。携帯電話どころか財布すら持っていなかった。ということはやはり近所の人間なのだろうか。親か恋人か、喧嘩《けんか》でもして家を飛び出してきたのだろう。

三十分ほどして、彼女が着替えを済ませて出てきた。女の長風呂はよく聞く話だが、随分と長い間シャワーを浴びていたものだ。当然と言えば当然だが、ぶかぶかのジャージを着て、彼女は部屋に現れる。心なしか顔色も戻ってきたような気がする。

「ドライヤーはそこの鏡の所にあるから使って」

「すみません。優しいんですね」

憂いを帯びた瞳で、彼女が微笑んだ。


女が髪を乾かす後ろ姿を眺める。百七十センチはあるだろう。二十歳前後というのが初見での予想だったたが、案外、もっと年下かもしれない。肩より少し下まで伸ばした、驚くほどにストレートな漆黒の髪。

「あの……厚かましいお願いだとは思うんですけど、化粧品ってありませんか？　もしあったら彼女の物を少し使わせて頂けると嬉《うれ》しいのですが」

「悪いけど、化粧品なんてうちにはないよ。今、付き合っている女もいないしね」

「本当ですか？」

女は少しだけ大きく目を見開いた。

「嘘《うそ》ついてどうすんだよ。そんなこと」

「いえ、意外だったものですから。……そっか、彼女いないんですね」

再確認でもするように小さく呟《つぶや》いた後、女は頭を軽く掻《か》いた。

「この歳になると、素顔を晒《さら》すのって勇気がいるんです。眉《まゆ》、薄いんですよね」

ここに居座るわけでもあるまいし、そんなことを気にしても仕方がないだろうに。

女の気持ちは分からない。

「そんなことよりさ、紅茶淹《い》れるけど飲む？」

「『そんなこと』で片付けられると落ち込みますが、紅茶は頂きます」

ティーバッグを入れたカップにお湯を注ぎ、彼女に渡す。ミルクポットも添えたが、彼女はそれには手を伸ばさなかった。

「それ飲んだら帰りなよ」

俺の言葉に女の表情が曇った。

デスクトップの脇に置かれた固定電話を指差す。

「電話、貸すからさ。迎えに来てもらいな」

「……迎えに来てくれる人なんていません」

「喧嘩？」

「いえ。私に喧嘩をする相手はいませんから」

その言葉には、どう返して良いか分からなかった。

「じゃあ、タクシー代くらいやるから」

「あの……。あなたは今、お幾つですか？」

作ったような笑顔を見せながら、明るい声で女は言った。あからさまな話題の転換だった。

溜息《ためいき》を一つつく。

「二十五歳」

時刻は深夜一時を回っている。誕生日を迎えたわけだから、もう、二十六歳なのかもしれなかったが、訂正するのも面倒臭かった。

「何だ、同い年だったんですね」

「え？」

今度ばかりは完全に不意を突かれた。

「私も先日、二十五歳になったばかりです」

それは完全に予想外の事実だった。

「驚き過ぎですよ。私があなたより若いと思っていましたか？　駄目ですよ。そんなお世辞を言われても、何にも出せません」

……そうか、学年にして一つしか違わないのか。

もう一度、まじまじと目の前の女を見つめた。あどけない眼差しに茶色の双眸《そうぼう》、そばかす交じりで幼く見えるが、いわゆる美人といって差し支えない顔立ちをしている。

好みのタイプかどうかと聞かれれば、確かにそうかもしれなかった。初めて見た時は死にそうな顔をしていたが、体調も回復してきたのか、笑顔を見せている。けれど、幾らなんでも痩《や》せ過ぎなのではないだろうか。ジャージから覗《のぞ》く手足の細さを見れば分かる。この女はあまりにも華奢《きゃしゃ》だ。

紅茶を渡す時、一瞬、左手首にリストカットみたいな痕《あと》も見えた。太く生々しい傷痕が一本横に残っていたので、何かの怪我とか手術の痕かもしれない。人の不幸に積極的に介入するような甲斐性は俺には無かったから、あえて口を挟むことはしなかったのだけれど。

「送ってあげられりゃ良いんだけど。俺は車を持っていないから」

八王子とはいえ、東京で生活するのに車は必要ない。

「歩いてここまで来るぐらいだから、家はそんなに離れていないんだろ。さっきも言ったけどタクシー代くらいならやるし、近いのなら家まで送っても良い」

完全に年下だと思っていただけに、同世代だと認識してしまうと話しづらい。

「良いですよね、帰る場所があるというのは」

女が何を話し出したのか分からなかった。彼女は無表情。

「私には、もう無いんです」

「子どもじゃないんだからさ……」

「確かに子どもではないです。だからこそ、無いんですから」

「……家族は？」

「いません」

「仕事は？」

「無職です」

「でも、おかしいだろ。昨日まではどうやって」

そうだ。この世界に突然、放り出されたのでもない限り、そんなことはあるはずがない。

「昨日までは、あったんです。お金も帰る場所も。……お願いします」

目の前で両手を合わせると、彼女は頭を下げた。

「一晩、泊めて下さい」

「泊めてって、見知らぬ男の家にさ……」

「あなたは舞原零《まいばられ》央《お》で、私は譲原紗《ゆずりはらさ》矢《や》。もう知らない間柄ではないですよ」

「それはそうだけど。って、おい、待てよ。何で俺が舞原零央だって……」

「表札を見たに決まっているじゃないですか」

「いや、俺は表札を出してないから、部屋番号も分からないはず……」

「下のポストの話です。フルネームで書いていましたよね？」

「ああ……。まあ、確かに……」

二〇三号室のポストには、『舞原零央』の名札が張られている。

「一人暮らしでフルネームを載せているのって珍しいですよね」

「つーかさ、本当に行くあて無いわけ？　知り合いがいない人間なんて、この世にいるはずがないだろ。本当は誰かに会いに来たんじゃないのか？　話をはぐらかすなよ」

真剣な眼差しで言った俺の言葉に、彼女の表情も変わった。親に怒られる小さな子どものような。まるでそんな顔だった。

「なあ、嘘をついて、適当に誤魔化すなよ」

紗矢は泣きそうになりながら、口を開く。

「……それは、確かに私の言葉には嘘もあるかもしれません」

何か悲壮な決意を抱えた、そんな口調だった。

「でも、嘘つきにだって、嘘をつく理由はあるんですよ。私には帰る場所がありません。それ以上は話せないけど、それは本当です。だから、ここに泊めて欲しいんです。出来れば一晩。迷惑でないなら、ううん、迷惑なのは分かっていますけど、出来ればもう少しだけいさせて欲しいんです」

目に涙をいっぱいに溜《た》めて、紗矢はそう言った。女を家に泊めることには抵抗がある。それでも、目の前で泣かれるよりは幾分かマシに思えた。

「分かったよ。追い出したりしないから泣かないでくれ」

「本当ですか？　泊めてくれますか？」

「そこまで言われたら追い返せないだろ。警察に突き出すわけにもいかないし……」

「良かった……」

心底、ほっとした表情を見せ、紗矢の伸ばしていた背筋から力が抜けていった。


「このソファー、気持ち良さそうですよね」

うちに一晩泊まることが確定した後、彼女は台所のソファーで眠ると言いだした。

冬用の毛布を渡すと、ソファーに座り、それを肩まで掛ける。

本当にここで眠るつもりなのだろうか。

「なあ、男のベッドで寝るのって抵抗あるかもしれないけど、俺のベッド使うか？　ここじゃ、狭いだろ。お前、たっぱもあるし」

「それ、矛盾していますよ。私より、あなたの方が背が高いじゃないですか。私はここで十分です。台所の匂《にお》いって好きなんです」

「ふーん。湿っぽくない？」

「暗い所や狭い所は落ち着きます」

「まあ、お前が構わないなら別にそれで良いけどさ」

とろんとした眼差しで、紗矢はソファーに横になった。

「実は、雨に長時間打たれたからなのか、結構疲れていまして。今、眠くてふわふわしています。先にお休みしても良いですか」

「ああ。じゃあ、電気消すよ」

台所が闇《やみ》に染まって。

「あの……」

出て行こうとした背中に声が届く。

「ん？」

振り返るが、闇に眼が慣れていないせいで紗矢の表情は分からない。

「私……」

「ごめん、ちょっと聞こえなかった。どうした？」

「……いいえ、すみません。何でもないんです。おやすみなさい」

「そう……。まあ、じゃあ、おやすみ」

いったい何処までが嘘で、何処からが本当なのか。譲原紗矢は最後までその素顔を見せないまま、その日、眠りについた。

引き戸一枚を隔てた台所で、彼女は今頃、夢の中だろうか。

小雨に変わった屋外の音に耳を澄ましながら、闇夜を見つめる。

突然変わった日常の風景が、少しだけ可笑しかった。

2

眠れなかった。

当然だ。会って間もない女が隣の台所で寝ているのだ。

時刻は、十時。平均的なサラリーマンからしたら、優雅な起床時間だろうが、俺の毎日はこんなサイクルで回っている。仕事は二時からだから、一時半に家を出れば十分間に合う。

外は相変わらず雨が続いていて、依然、空は薄暗い。洗面を済ませ、朝食を作ろうと冷蔵庫を開けたら、フラフラと紗矢がソファーから起き上がってきた。

「おはようございます。朝食のお時間ですか?」

瞼《まぶた》の辺りをこすりながら立ち上がった彼女は、今にもよろけそうだ。

「心配しなくても、お前の分も作るよ」

「紗矢って呼んでくれて構わないですよ」

まだ眠たそうな眼差しで、彼女は無防備に微笑む。

「お前も、もう起きる? 洗面台の下に新しい歯ブラシが入っているから使って良いよ」

「ありがとうございます。助かります。ついでに櫛《くし》も貸して頂けると嬉しいです」

寝起きだからだろうか。彼女は少しだけ鼻声で。

「お前さ、低血圧? つーか、風邪引いたんじゃないの」

「ちょっと、そんな気もします」

洗面から戻ってきた紗矢が、テーブルに着いた。

「一人暮らしの割に、意外としっかり料理するんですね」

「客がいるからな。普段は朝食抜きなんだけど、まあ、たまには。イチゴも食えよ。これ、今日までに食わないとまずいんだ」

「では、遠慮なく頂きます」

皿に盛られたイチゴに手を伸ばしながら、彼女は俺が読んでいた新聞に目を移す。

「ウィークエンドのクラシコ、どちらが勝ったかご存じですか？」

「バルサが二点差で勝ったよ」

「また負けてしまいましたか」

彼女は悔しそうな表情を見せる。ということは、レアル派だったということか。

「あの、零央君は何のお仕事をされているんですか？」

「サラリーマンだよ。塾で働いているから生活のサイクルは人と少しずれているけど」

トーストに遠慮がちにジャムを塗りつけ、紗矢は口に運ぶ。

「子どもがお好きなんですか？」

「嫌いじゃないけどね」

「最近の子どもたちって、どんな様子ですか？」

「世間で言われるほど酷くはないよ。ニュースなんて大袈裟《おおげさ》な部分ばかり取り上げるんだからさ」

「零央君は、きっと良い先生なんでしょうね。想像出来ます。あ、でも振り回されることも多そうです」

「振り回している人に言われたくないけどな。俺、役所に行かなきゃいけないから、もうすぐ家を出るけど。お前は今日、どうするつもりなの？」

「私ですか？　全然考えてなかった……」

紗矢はひとりごちて、唇に手を当てて考え込む。

どれだけマイペースなんだろう……。

「あそこに並んでいるＤＶＤ。あれって見させて頂いても良いですか？」

「はあ？　まだ、居座る気なわけ？」

「帰る場所がないんです。もちろん、ご迷惑なのは重々承知していますけど、もうしばらく、行くあてが見つかるまで泊めて欲しいんです。でも、それはやっぱり難しいでしょうか？」

「いや、まあ、昨日は居て良いとは言ったけど……」

「ハローワークへ行って仕事も探します。少し時間がかかるかもしれませんが、きちんと、家賃も払います。だから、お願いします。私を見捨てないで下さい」

飼い主に命の全権を握られている小動物のように、怯《おび》えた眼差しで彼女は俺を見ていた。

「いや、見捨てるつもりなんてないけどさ……」

「一人では生きていけないんです。放り出されたら死んでしまいます」

困っているのなら力になってあげたいと、それは、もちろんそう思っている。だけど、この女は事情を一切話さないから、助けになりたくてもどうしていいか分からないのだ。

一つ、溜息をつく。

「そんなに嫌そうな顔しないで下さいよ。傷つきます」

「分かったよ。けど、いずれ事情は話せよな」

まあ、好きにすれば良いさ。見知らぬ男の家に一晩、無防備に転がり込むような女だ。計画性のある犯罪者ということもないだろう。うちには盗まれて困るような貴重品も、愛着のある品も無い。

煩《わずら》わしいのは御免だが、何しろこの女は相当に美人だった。その素性は十分胡散《うさん》臭かったが、信用してみようかという気にもなってしまう。我ながら、男というのは単純で馬鹿な生き物だ。

「今、五千円しかないけど、じゃあ、これやるから」

財布から札を取り出す。

「これで着替えとか、必要な物買いな。近くにユニクロあるから。安いものなら一通り揃《そろ》うだろ。俺はもう着替えて出るから」

「あの……合鍵《あいかぎ》って……」

「ないよ。そっか、そうだな。鍵は渡しておくよ。どうせ夜はうちにいるんだろ？　帰るあてが見つかって出て行くんなら、ポストに入れておいて」

「はい、先生、ありがとうございます。でも、これで、あれですよね。私が大泥棒とかだったら、もう大爆笑ですよね」

顔が引きつるのが分かった。

「笑えねえ」

「大丈夫です。私はハートは盗んでも、お金は盗みません」

「アホじゃねえのか」

3

仕事が終わり、帰宅した時には、二十三時を回っていた。二回ノックしてから、部屋のドアを開ける。玄関のすぐ脇にある台所に紗矢は立っていた。

「お帰りなさい。お仕事、お疲れ様です」

彼女の後ろ、テーブルの上には豪勢な食事が並んでいる。どうしたというのだろう。

「夕食はもう食べましたか？　実は私、料理の腕には自信がありまして。今日は得意料理を一通り作ってみたんです。あ、これレシートです。家計簿とかつける人ですか？」

「いや、つけないけど」

言いながら、受け取ったスーパーのレシートに目を落とす。合計二、四七一円也。

「おい……」

「あ、大丈夫です。それ、冷蔵庫の中身と相談しながら、一週間分の献立を考えて、必要な物を買い揃えたんです。下着や必需品はきちんと別に買いましたから。あ、泣く泣く化粧用品は削ったんですよ？」

「いや、俺は着替えも買えって……」

「私、このシャツで良いです。あと、もう二、三枚何か貸して頂ければそれで十分」

そこで気が付いた。エプロンをしていたから分からなかったけれど、彼女の洋服は上下とも俺のものだった。洗濯を終えて、そのまま部屋に干しっ放しにしてあったのだ。

「つーか、お前ってさ、お金ないくせに大胆に使うのな」

なんだか、呆《あき》れを通り越して笑えてきた。

「いや、実は怒られるかもと、ちょっと冷や冷やだったんですけどね」

「まあ、若干呆れはしたけど。これ、食って良い？」

「はい。遠慮せずに食べちゃって下さい」

手作りコロッケだろうか。一つ、摘まんで口に入れる。腹が減っているのもあるだろう。それでも正直、かなり美味かった。

「座って食べて下さいな。焦らなくても逃げませんよ」

「お前も食いなよ」

「美味しそうに食べるあなたの横顔を、もう少し堪能してから、そうしますね」

恥ずかしいことをはっきりと言う。

「ほら、マリネも食べて下さい。このドレッシングが今、一番のお勧めなんです」

「……本当だ。すげー美味いな。梅肉が入ってんの？」

「そう、そうなんです。けっこう衝撃ですよね？」

並んだ料理はどれも手の込んだものばかりだった。それに、まだ温かい。昨日の俺が帰ってきた時間を覚えていて、それに合わせて作ってくれたのだろうか。

誰かと一緒に食事をするのは久しぶりだった。なんだか、一人きりじゃない食事が、ただそれだけでとても嬉しかった。


食事を終え、日付が変わった頃、母から電話が入った。

何だかんだと理由をつけて、実家には、もう三年近く帰っていない。たまには顔を見せて欲しいという催促の電話だった。

この前の健康診断で腎臓《じんぞう》が悪かったとか、仕事が辛くてもう辞めたいだとか、止め処なく出てくる母の愚痴を、適当に相槌《あいづち》を打ちながら聞いてやる。

『お正月も駄目だったし、一体いつなら顔を見せてくれるのよ』

「仕方ないだろ、正月は特別講座があるんだよ」

『まったく、私が死んだら帰ってくるのかね……』

「まあ、死んだらな。だから身体は大事にしろよ」

うちは母子家庭だった。物心がつくより前に両親は離婚しており、俺は写真の中でしか父を知らない。

幼少時より母の期待を一身に背負って生きてきたように思う。そんな人生にやがて疲れ、俺は大学進学をきっかけに地元を逃げるようにして離れた。それ以来、漠然としたもやもやを胸に抱えたまま、母とは微妙な距離感を保っている。

4

二度目の夜。

やはり紗矢は台所のソファーに横になった。足も十分に伸ばせないソファーでは寝苦しいだろう。明後日は月曜で仕事も休みだ。安い布団セットでもホームセンターに買いに行ってやろう。

幸い、お金はあった。俺は煙草を吸わないし、酒も飲まない。競馬やパチンコなど、いわゆるギャンブル性のあるものには一切興味がなかった。趣味は音楽、それに映画鑑賞。いずれにも贅沢《ぜいたく》にお金を使っているが、懐が圧迫されたことはない。迷ったら買う。買ってから考える。最近はそんなことまでするようになったが、それでも費用のかからない趣味に違いない。

闇夜の雨は月を隠してしまった。何の明かりも差し込まない暗く狭いアパート。

「まだ、起きていますか？」

台所から、少しだけ引き戸を開けて、紗矢が尋ねてきた。

「零央君は出身、何処なんですか？　東京の人ではないですよね？」

「新潟だよ」

「あ、やっぱり新潟だったんですね。私も新潟なんです」

彼女の声に喜びみたいな感情が混じる。

「そりゃ、偶然にしちゃ凄《すご》いな」

「イントネーションで、もしかしたらって思っていたんです。『い』の発音が、新潟の人って違うじゃないですか。あと、零央君も語尾に『さ』がつくなって思っていました」

「凄い洞察力だな」

少しだけ誇らしそうに紗矢は笑った。

「塾で働いているんですよね。先生って、もてますよね？」

「女の人が言う『もてるでしょ』は、九割が社交辞令だからな」

その手の言葉は真に受けないことにしている。

「でも、女の子はもう十分に多感な時期じゃないですか」

「どうだろうね。そんなこと考えながら仕事していないし」

「じゃあ、きっと零央君は、いつも生徒のことばかり真剣に考えているんですね」

「どうかな。それだけでやっていけたら幸せなんだろうけど。結局は営利企業だし、評判は金で買えないからな」

「それ、オフレコですね」

「お前も、あんまり俺の言うことは信用しない方が良いよ。俺は適当な奴だからさ」

その言葉に紗矢は小さく笑った。

「先生なのに適当なのは駄目ですよ。でも、零央君の授業って面白そう」

そんな風に彼女は、こちらを嬉しくさせるような言動が目立つ。

「全員にとって面白いかどうかは分からないけど。でも、まあ、中学生には、俺に会ってなけりゃ聞けなかったような話を、沢山してあげられたらって思っているかな」

「たとえば？」

「クリスマスはキリストの誕生日なんかじゃない、とかね」

「そうなんですか？」

「キリストは屋外で、羊飼いに見守られながら産まれているだろ。でも、イスラエルの緯度で、十二月の末に羊飼いが一晩中、野原で過ごすなんて有り得ないんだよ。本当は十月だって話さ。十字架自体、そもそも起源は異教にあるしな」

「そういう話って子どもたち喜びそう」

その言葉に少しだけ笑う。

「まあ、八王子で社会を教えさせたら、俺の右に出る奴は、右に曲がってくよ」

紗矢は軽く吹き出した。

「何ですか、それ」

「右折しちゃうってことさ」

「もう、適当なんですから」

「言ったろ。あんまり俺のことは信用しちゃ駄目だよ」

大学二年生の夏から、今の塾で講師のバイトを始めた。理由は金が良かったからだ。子どもは嫌いじゃなかったし、人前で喋《しゃべ》ることも苦ではなかった。結局、卒業後もそのまま働き続け、契約社員を経て、一年後には正採用になっていた。

望んで就いた仕事ではない。ただ何となく流されるままに楽な方へと進んでいたらこうなった。現状に不満はない。けれど満ち足りるような達成感もない。可もなく不可もない人生だ。

少しの沈黙の後、再度、台所から質問が飛んでくる。

「彼女はいないって言ってましたよね。今、好きな人はいますか？」

少しだけ考える。

「正直に答えるとさ。なんだか年齢と共に、どんどん恋愛が出来にくくなっているような気がする」

「難しいことを言いますね」

「運命の人がいるんだろうなって、漠然と夢みたいなものを見ていたんだろうな」

「どういう意味ですか？」

「いずれ、そんな人と会えるだろうって思っていて、気付けば二十代も半ばに突入。相性の良い相手を求めていただけなんだろうけど。人の欠点ばかりがよく見えるようになっていたよ」

「じゃあ、恋愛をするつもりがないわけでもないんですね」

「そりゃね。寂しがりやでしょ、人間なんて大抵。俺の人生は可もなく不可もなく。それを大抵の人たちは幸せって呼ぶんだろうけど、当人にとっちゃ、なかなかそう感じるのは難しいな」

「運命の人はいますよ。少なくとも私はそう思います」

「俺は逆だと思うけど」

「夢見がちな割に、悲しいことを言うんですね。運命の人はいますよ。私にだってい
ました」

胸の中に湖があるとして、そこに小さな波紋が広がった。

「だけど運命の人がいて、ちゃんと見つけられたとして、でも、それでも、その人も
自分を想ってくれるとは限らないんですよね」

「紗矢の容姿なら、大抵の男に振り向いてもらえそうな気がするけどな」

「じゃあ、あなたなら？」

「まあ、俺が大抵の男ならばね」

曖昧《あいまい》な答え方だった。

「映画みたいな出会いでなくても良いんです。自分も相手も凡庸な人間で構いません。

それで構わないから、運命の人に想ってもらいたかったです」

「どんなに相性の良い相手とでも、恋愛にはタイミングもあるんだろうしな」

「はい。あの時、頑張れば良かったなんて後悔しても、時間は戻りません。もう絶対
に、悲しいまでに、恨めしいまでに、たとえば私が今死んでも、戻らないんですよね」

自分の人生を振り返ってみる。

「でも、そんな人と出会えただけマシだよ。俺にはそんな人、今までいなかったから。何人かと付き合ってきたし、好きになって叶わなかった恋もあったけど。でも振り返ってみても、運命の人なんていなかったな」

悲しいけれど、それが正直なところだ。

「もしも今、運命の人と出会えたとしたらどうしますか？」

「そうだな……。俺はきっと……」

運命の人がいるのだとして、もしも出会えたとしたら……。

「頑張るのって苦手なんだけど、でも、きっと、力の限り、頭を捻《ひね》れるだけ捻って、頑張るよ」

「同じですね」

紗矢が言った。

「私も死ぬ気で頑張ります」

なんだか、とても強い決意を秘めた、そんな言葉だった。

俺には命をかけてまでやり遂げたいことなんて無い。そりゃ、運命の人がいるっていうのなら出会ってみたいけど。出来れば、愛されてもみたいけど。でも、こんな風に日々を刹那《せつな》的に生きている俺に、そんな日なんてはたして来るんだろうか。

運命の出会いも、思い描き続けていた夢の実現もない。それは変わらない。ただ、平坦《へいたん》で益体もない日々に、イレギュラーに紗矢が飛び込んできて。彼女の存在だけで、夏の色に憧《あこが》れていただけの普通の毎日は、少しだけ色を変えた。

頼りにされて悪い気はしない。平凡な毎日を、それでも笑って暮らしていこうとする、その努力には感心もする。その容姿を可愛いと感じてしまっていたから、自分にだけその笑顔を見せてくれることに不覚にも嬉しくなってしまったりもする。

不意に紗矢が黙り込んだ時。彼女が発する、覚束無い存在感に不安にさせられる。帰宅してドアを開ける時、部屋の明かりがついていても、胸は鼓動を強く打つ。突然現れたあの日のように、彼女は何の前触れも無く、消えてしまっているのではないかと思ったりもする。

紗矢は居候を始めてから一週間後、近所のスーパーでパートの仕事を見つけてきた。タイミングが悪かったため、最初の給料を受け取るのは、三週間先の話になるということだった。彼女はそれを手にした時、どうするのだろうか。

俺は未だに、彼女の事情を何一つとして知らない。いずれ話すからと、一度だけ紗矢はポツリと口にしたことがあったが、それ以来、俺はその話に触れていないし、彼女もまた完全に忘れたかのように振る舞っていた。

譲原紗矢には気付いていないことが一つある。

彼女に何かしらの事情があるように、俺にだって隠していることはあるのだ。秘密を抱えているのは紗矢一人だけではない。だから、彼女の事情がどんなものであれ、それを問うならば、おそらく俺の話もしなければならないことになるだろう。

心地好い時間は、均衡を崩すことへの恐怖をも運んでくる。そんな風にして逡巡《しゅんじゅん》を抱きながら、日々は流れていった。

そして、譲原紗矢が現れてから、ちょうど一ヶ月が過ぎた。

その日もまた、泣いてるみたいな雨が降っていた。

第二話

雨、ときどき嘘

譲原　紗矢

前篇

1

舞原零央《まいばられお》の家に居候を始めてから、ちょうど一ヶ月が過ぎて。仕事の後、パートの給料を手渡しでもらい、彼の帰りを待った。

パート代は十三万四、六八九円。どうでも良い話だけれど、三六七の二乗だ。

最初から私には決めていたことがある。それは一ヶ月という期限だ。一ヶ月間はどれだけ辛いことが重なったとしても、頑張り続ける。そして一ヶ月が経過した後、すべてを彼に打ち明ける。

私にとって審判の日とも言うべき今日は、普段と変わらずに過ぎていった。零央君は午後に仕事へと出かけて行き、私は午後十時にパートを終え、給料を受け取ると帰宅した。いつも通り、彼の帰ってくる時間を計算に入れながら夕食を作る。この一ヶ月続いている当たり前みたいな日常。だけど、それも今日で終わりになるだろう。

私は彼に今日、一つの選択を迫る。

窓を開けると、向かいのお家の庭で、紫陽花《あじさい》が小雨に濡れていた。

私たちには雨がよく似合う。今日が雨で良かった。

零央君の部屋には、本棚の脇にスタンドミラーが据えられている。シャワーを浴びた後、その前に置かれたクッションに座り、ドライヤーを手に取ったところで視界が遮《さえぎ》られた。

後ろからバスタオルを零央君が掛けてきたのだ。

「拭《ふ》いてやるよ。じっとしてろ」

わしゃわしゃと、零央君は優しい手つきで髪の毛を拭いてくれる。男の人の大きな手に包まれて、私は目を閉じた。そのまま後ろから抱き締めてくれれば良いのに。そんな想いにも駆られたが、それはまだ、口には出来ない。

ドライヤーで髪を乾かし終わると、零央君が淹れた紅茶が用意されていた。

彼はかなりの紅茶好きで、毎晩、違う種類の茶葉で淹れてくれる。紅茶を飲むと眠れなくなるという話を聞いたことがあるけれど、私にはそういうことはないみたいだった。あれって迷信なんですかと尋ねると、紅茶は珈琲《コーヒー》に比べて、飲む状態の時にはカフェインがあまり残っていないのだと教えてくれた。

ミルクを入れても違いが分かるほど、私の舌は紅茶に慣れていない。今日もまた、用意されたミルクポットには手をつけなかった。

「今日、何かあった？」

紅茶に口をつける私を見つめながら、零央君は真剣な眼差しで尋ねてきた。さすがに一ヶ月間、同じ家で過ごしただけのことはある。私の感情の細やかな変化にもすぐに気付いたようだった。

「つーか、もしかして具合でも悪い？　医者に行く金がないなら、明日の朝にでも下ろしてくるけど。ああ、保険証がないから高くつくのかな……」

勝手に一人で話を進めていく零央君を手で遮った。

「体調は別に悪くないです」

「でも、自分では分からないかもしれないけど、顔色悪いぜ。何か悪いもんでも食ったんじゃないのか？」

首を横に振る。

「聞いて欲しい話があるんです」

「別に構わないけど。何？　深刻な話？」

軽い口調で零央君は私に先を促す。

「どうして、今日まで居候させてもらっていたのか、その話です」

零央君の眼が、少しだけ細くなった。

「約束しましたよね。いつか話すって。少し長い話になりますけど、最後まで聞いてくれますか？」

私の普段とは違う姿を見たからだろうか。気付けば彼も真剣な眼差しで私を見つめていた。それだけで、救われたような気分になる。

今、この瞬間、私にとって運命の時はやってきた。

ゆっくりと、私はそのすべてを話し始めた。

2

私の両親が死んだのは、今から二十二年前のことだ。

交通事故で、二人とも即死だった。両親は事故の加害者で、相手を巻きぞいにして命を落とした。泥酔状態だったという。

事故処理がどういう形で結末を迎えたのかは、私には分からない。ただ、幼かった私は、その日、家族を失った。連日、実名入りで飲酒運転に関する報道が流され、親類に私の引き取り手は現れなかった。事故から一週間後、私は児童養護施設へと収容された。

義務教育の九年間。私は学校の記憶にも、施設での記憶にも、良い思い出がほとんどない。私はその大抵の場面でイジメを受けていた。

小学校一年生の初頭、どこから誰が聞きつけてきたのか、両親の事故の話が広まった。私が人殺しの犯罪者の娘であるとの噂《うわさ》が広まり、同級生たちから忌み嫌われる最初のきっかけになった。

小学校の六年間は、クラスメイトからも施設の子どもたちからも避けられ続け、友達と呼べる人間は一人もいなかった。最初から友達がいなかったから、孤独の辛さはよく分かっていなかったのだけれど。遠足の班とか、そういうグループ行動を義務付けられた時に、周りが向けてくる嫌悪の視線が痛かった。

日常生活で私が会話をする相手は、図書室の司書さんとか、施設の大人たちだけで。同世代の友人が一人もいない私は、必然的に今の話し方が癖《くせ》になってしまった。

小学校時代に思い返すべきことは、何一つとしてない。私の楽しみは、図書館から借りてきた本を読むことと、支給される小遣いで買った煮干しをあげながら野良猫と戯れることの二つだけ。それ以外には存在していなかった。いつだって孤独だった。

中学生になって、状況は少しだけ変わった。だが、好転したわけではなく、むしろ逆だった。ただひたすらに無視され続けていた小学生時代の方がよほどマシだったと思えるくらい、辛らつなイジメを三年間受けることとなった。

私の通った公立中学には、五つの小学校から生徒たちが進学してくる。それゆえに、私の噂を知らない生徒がクラスの大半を占めることになった。そして一年生の当初、私にも友達と呼べる人間が何人か出来た。人付き合いを知らない私だったから、黙ってグループの輪の中に入っていただけだったけれど、幸せだった。ただ、そんな幸せも二ヶ月も続かないで終わってしまう。

自分で言うのもおこがましいが、私は恵まれた容姿をしていた。人並み以上に、それはつまり男子の目を惹《ひ》くのには十分過ぎるほどに整っているらしかった。それを誇りに思ったり、鼻にかけたりしたことはない。男子に興味を持ったこともなかったし、恋愛とは物語の中で読むだけの絵空事でしかなかったからだ。

小学校時代の境遇からすれば考えられない話だが、私は中学に上がり、すぐに何人かの男子から告白される。どうしていいか分からず、私はただ曖昧に答えるだけで逃げ回っていた。今になれば、それが浅はかだったのだと何となく分かりはする。だが人付き合いを知らない当時の私には、それが精一杯だったのだ。そして、それが男子にも、女子にも、同様に反感を買った。

一度火が付いてからは簡単だった。私には小学校時代に貼られた人殺しの娘というレッテルがある。六年間無視され続けてきたという事実もあっという間に露呈した。

好意は反転した時、憎悪に変わることもある。人生で何度かそれを経験してきたが、この時もそれが顕著に現れてしまった。私を好きだと言った男子、私をグループに迎えてくれていたはずの友人たち。彼らは私へと敵愾心《てきがいしん》を剝《む》き出しでぶつけてくるようになり、それはあっという間にクラス中に蔓延《まんえん》した。

私は分かりやすいイジメの標的となった。無視されるだけでは済まず、具体性のある嫌がらせを受け続けてきたし、もう死のうかと思ったことも何度もある。欠席が続き、半ば不登校気味になっていた時期もあった。

高校受験に失敗し、中学を卒業するとすぐに働き始めた。二十代になるまで職を転々としたが、それでも働き始めてからの私の人生は、学生時代に比べるとずっとマシだった。

生活出来るだけのお金さえ稼いでいれば、後は好きにしていて良いのだ。施設を離れ、小さなボロアパートに部屋を借り、一人暮らしを始める。

楽しいことなんてまるでなかったけれど、それでも図書館から借りてきた本を一人で読み続けることが出来た。相変わらず野良猫だけは懐いてくれて、職場からの帰り道、よく寄り道をしながらガリガリの猫を見つけては餌《えさ》をやっていた。

もう誰も私を邪魔しない。傷つけられることもない。これで良いのだと思っていた。

私にとって一度目の転機は両親の死だ。二度目は高校受験の失敗になるだろう。そして三度目の、そして決定的とも言える転機は、二年半前、二十二歳の春にやってきた。勤め先だった工場で、取引先の御曹司に見初められたのだ。

それまでも私は二度だけ男の人と付き合ったことがある。いずれの場合も相手に言い寄られて始まった恋なのだけれど、二度とも傷痕しか残らないような最低な終局を迎えた。一度目の恋愛では浮気をされ、それを問い詰めた時、浮気相手はお前の方だと告げられた。

確かに私は中身の無い、何の面白みもない女かもしれない。それでも、好きにならせておいて、そんな風に振るなんて幾らなんでもあんまりだった。けれど、そんな男でも、次の男に比べればまだマシだった。二度目の恋愛では、騙《だま》されて美人局《つつもたせ》の片棒を担ぐことを強要されそうになったのだから。

二度の安易な恋愛に懲りて、もう男とは付き合うものかと、そんな風に思っていた私だったが、御曹司の彼のアプローチは止《とど》まる所を知らなかった。歯の浮くような美辞麗句を並べ立て、彼は私を褒めちぎった。私自身は彼の人間性に魅力をまったく感じていなかったが、それでも好意を寄せられているうちに、少しずつ流されてしまった。私のいつもの恋愛パターンだった。

今思うと、はっきり分かる。要するに私は寂しかったのだろう。誰でも良かったのだ。ただ、もう一人でいるのは嫌だった。恋愛はしたくないという感情と矛盾するようだが、私の中には、はっきりとその二つの想いが同居していた。

寂しかったし、受け入れてもらえるのであれば誰でも良かった。十二歳年上の彼は名家の御曹司で、お金を持っている。私とは対照的だ。何不自由ない暮らしをさせてやるからと、何度もしつこく食い下がってきた。まったく、私も程度の低い人間だった。今になれば愚かな自分を呪《のろ》いもするが、その当時の私には彼の提案が酷く魅力的に聞こえてしまったのだ。そして、私は結婚した。

人生の選択において、安易さは罪だ。

家庭とは構築していくものであり、建設的な気持ちを二人が抱いていなければ、やがて軋《きし》み、いつか崩壊してしまう。

彼は跡取りとなる子どもを望み、私も家族を欲しがった。だが、私の呪われた人生は、この時も上手くいくことはなかった。

半年前、なかなか妊娠出来ない私は病院で検査を受けた。そこで卵管閉鎖があり自然妊娠は難しいこと、たとえ手術をしても、長期間不妊治療を受けなければならないことを告げられた。そして、それが崩壊の始まりだった。

夫婦の違和は、既に何ヶ月も前から生まれていた。要するに、二年の結婚生活で、彼は私に飽きてしまったのだろう。不妊の問題はきっかけだが、口実には十分だった。

夫の態度は豹変《ひょうへん》する。あんなにも私にお世辞を言い、ご機嫌を取ろうとしていた彼は、悪鬼のごとき人物へと変わった。私は毎日のように暴力を振るわれ、詐欺師だと罵《ののし》られた。結婚はあんなにも夫の方から迫ってきたというのに。

いつだって私に向けられてきた愛情は、気が付けば反転して憎悪に変わってしまう。つまり、私はそういう星のもとに生まれた卑しむべき女だということなのだろう。かつての願いで飼っていた猫が夫に蹴《け》り殺された時、私は夫婦仲の改善を諦《あきら》めた。

夫は他所に愛人を作り、家へ帰ってこない日が多くなっていった。私はそれでも何も言わなかった。どうしていいか分からなかったし、人に嫌われるのは、今も昔も変わらない私の日常の風景だった。諦念《ていねん》の情が、既に私の心の大部分を巣食っていた。

夫が家に帰ってこなくなってから一週間が経ったある日。弁護士が現れ、離婚を告げた。寝耳に水というのだろうか。いつかはそんなことを告げられるのではないかと思っていたが、まさか第三者に告げられるとは考えていなかった。そして事態は私が理解するより早く、既に大方の決着を見ていた。

私の不妊を知ったその日のうちに、夫の家族は弁護士に連絡を取っていたらしく、綿密な離婚計画は私の与《あず》り知らないところで着々と進んでいたのだ。

彼との結婚生活に疲れ切っていた私は、弁護士に言われるがまま離婚に同意する。そして、まるで犯罪者であるかのごとく、人権すらもないような仕打ちを受けた。財産目当てのために私が彼を騙して結婚したことになっていたのだ。慰謝料どころか、私の財産などというものはほとんど存在していなかった。衣服とわずかなお金だけが手渡され、文字通り路頭に放り出される。

「後は自殺でも何でも好きにすればいい」

夫が、いや、その時点では既に他人である彼が、私にかけた最後の言葉がそれだった。

そうか、私みたいな女は死ねばいいのか。そう思った。

実際、彼の言葉があながち間違いであるとも思えない。生きている意味が私にはない。死んでも悲しむ人はいないし、生きていても喜んでくれる人はいない。

けれど……。

もう何もかも嫌になって、すべてを終わらせてしまおうかと思ったその時、私はある一人の男を思い出した。彼の名前は舞原零央といった。中学三年生の時の同級生だった。

3

中学三年生にもなれば、不祥事による内申書の減点を恐れるだけの知恵は誰にでもある。イジメの手口もまた、教師の目を逃れるために、どんどん巧妙になっていたし、それに伴って陰湿さや残虐性も増す一方だった。

四月、私は図書委員に任命される。相変わらず新しいクラスでもイジメの標的になっており、どんどん遅刻が増えていくばかりだったけれど、それでも委員会の役割を果たすために、欠席はしないようになっていた。

放課後、いつも私は図書室にこもりきりだった。司書当番を押し付けられており、広い図書室には大抵、私一人だけしかいなかった。

ある日の夕方、静まり返った図書室に、一人の男子生徒がやってきた。借りていた本を返却に来たのだ。応対するために名札に目をやり、クラスメイトだと気付いた。

その日のことを、今でもはっきりと覚えている。それは梅雨が始まったばかりの六月で、小雨の音だけが世界に彩りを与えている、そんな静かな放課後だった。

舞原零央。三年生になってから転校してきた生徒で、私と同じように教室ではいつも一人でいる男子だった。

彼の差し出した本を受け取り、私は少しだけ驚いた。その本を私も一ヶ月前に読んだばかりだったのだ。そしてそれが私の興味を引いた。私には読んだ本の感想を話し合える友達はいない。だからだろう。「面白かったよね」そう声をかけたくなってしまった。彼が返却したその本は、この一年間で読んだ百冊以上の小説の中で、私の一番のお気に入りだった。誰かとこの喜びを分かち合いたかった。

けれど、私に話しかけられるのは迷惑だろう。クラスの男子は皆そうだ。多数派の女子に気を遣っているのか、私を無視するというのが暗黙の掟《おきて》のようであった。

舞原零央の前で、図書カードに返却印を押す。彼の名前の二つ上に、私の名前があった。彼は気付いただろうか。気付いても反応はしないかもしれない。むしろ気持ち悪いぐらいに思われて当然だ。

判を押し、書籍の後ろに図書カードを挟む。

「あとは私が戻しておきますから」

「ああ。……どうも」

びっくりしたように彼は答え、私を見た。それから私の顔を見つめて何事かを考えていたようだった。まずい奴と会ったなとでも思っているのだろうか。心なしか表情が曇ったように感じられた。

「あんたさ、確か二組だよな？」

「はい」

「やっぱりか」

それだけ言うと舞原零央は図書室を出て行った。

どうやら私が誰なのかを思い出せずに考えていたらしかった。転校してきてから、もう一ヶ月は経っただろうに、おかしな男子だ。そして、少しだけ彼の印象が私の中に残った。

一週間後の放課後、再度、彼が本を返却に訪れた。

返却印を押す際に貸し出し印を見ると、どうやら彼は始業前にいつも本を借りているようだった。よく見ると、印が少し滲《にじ》んでいる。その日も、朝から雨が降っていたことを思い出した。

舞原はその一週間後にも、再び小説の返却に現れた。

今度は、それは私が三日前に読んだ本だった。返却印を押していた時、

「あのさ、俺、同じクラスの舞原」

彼が不意にそう言った。私に話しかけるとは勇気がある。

「知っています」

「そっか……。普通、そうだよな。俺、目が悪くてさ、あんまりクラスメイトの顔分かんないんだ」

苦笑いを浮かべながらそう言った。それから、

「あ、すげえ、あんたもこれ読んだの？」

舞原は図書カードに目を落とした。彼の名前の上に、私の名前が並んでいる。

「はい、図書室にあるこの作者の話は全部読みましたよ。これは一週間前に貸し出しが開始されたばかりの新作なんです」

「そっか、すげえな……」

一人で感動したように呟きながら、舞原零央は帰ろうとする。

「あっ、傘……忘れていますよ……」

その背中に声をかけると、彼は窓の外を覗いた。

「……雨、止まないですね」

「そうだな……。雨は嫌いじゃないんだけど……。ちょっと、いくらなんでもこの土砂降りじゃ、傘いるよな」

私は思わず笑ってしまった。

「雨が好きだなんて、変わっていますね」

「……雨を見ていると落ち着くんだ。あと、真っ直ぐに延びた線路とかさ。見ているだけで、なんだか無性に落ち着く」

「線路？　電車じゃなくてですか？」

「うん、線路。冬に雪が積もっててさ、そこを電車が走り抜けた後に残る、迷いがないみたいな真っ直ぐな線を、高架の上から眺めるのが好きなんだ。俺、死ぬ時は、線路の上で死にたい。馬鹿みたいって思うかもしれないけど」

少しだけはにかんだように笑って傘を取ると、舞原零央は帰っていった。

変わった人だなと、そう思った。雨が好きだなんて言う人に、私は人生で初めて出会った。線路の上で死にたいなんて言う人にも。

もう少し、雨の話を彼に聞いてみたかったのだけれど。

次の日には梅雨が明け、私はその機会を逸してしまった。


私は授業中、彼を観察するようになった。

舞原はたいていの授業で、隠れて本を読んでいた。放課後に本を借りに来ることはなかったが、時々、思い出したように返却に訪れる。

舞原はクラスの中の誰とも馴れ合おうとせず、常に自分の周りにバリアみたいなオーラを纏《まと》っていた。少しきつい印象のあるその整った容姿は、余計に彼を近付き難い人物へと変えていた。

私は舞原の斜め後ろの席だった。授業なんてろくに聞いていないようなのに、教師に当てられた時にはすらすらと淀《よど》みなく答えてしまう。時々、思い出したように銀のペンケースを授業中に開いたり閉じたりしている。なんだかそういうどうでも良いような癖が、見ていて面白かった。

私へのイジメは受験生の年、エスカレートしていくばかりだった。

理科の実験室移動で、男子が教室から消えたある夏の日の休憩時間。ガムテープで口を塞《ふさ》がれ、私は廊下にある掃除用具入れに閉じ込められたことがある。

両手両足を縄跳びで縛られ、女子たちは私を狭い箱の中に監禁した。彼らは掃除用具入れを逆向きに、つまり取っ手のある方を壁側に向けて押し付け、私が中からは絶対に出られないような状況を作った。なす術も無く、泣きながら私は四時間以上もそこで一人きりだった。

その日は朝から季節はずれの雨が降っており、気温も湿度も異常に高い数値を記録していた。埃《ほこり》の匂いでむせそうになる掃除用具入れの中、暑さと淀んだ空気のせいで、ひょっとしたら自分はもう死んでいるのではないかと何度も思った。光も漏れてこない暗闇の中、私は生きている価値などない矮小《わいしょう》な存在なのだと思い知らされていた。

放課後を告げるチャイムの音が聞こえて。もうすぐ掃除の時間だろうかと、ぼんやり考えていたら、やがて掃除用具入れが回転した。その奥にもたれかかっていた私は、ぐったりと憔悴《しょうすい》していて。開かれた扉から差し込む光に、目が眩《くら》んだ。

眩《まぶ》しくて閉じてしまった瞼の向こうから、

「誰だ……」

怒気をはらんだ男の声が聞こえた。

顔を上げると、そこにいたのは舞原零央だった。彼の後ろで、女子の集団が私を見て、指を差して笑っている。私の様子を見物に来ていたのだ。

舞原零央が、掃除用具入れの扉を全力で蹴り飛ばした。それで後ろの笑い声が止んだ。彼は私の口からガムテープを強引に剝《は》がすと、中に入っていた箒《ほうき》を一本、手に取る。

「ぶっ殺してやる！」

彼は怒りに任せて叫ぶと、リーダー格の女子に、いきなり箒で殴りかかった。彼女は悲鳴をあげて逃げようとしたが、それよりも舞原の一撃の方が早かった。彼女の肩にその一撃が炸裂《さくれつ》し、箒は簡単にひしゃげた。舞原はすぐにそれを捨てると、逃げていく女子たちを追いかけ、一人ずつ殴り飛ばしていった。

教室で事態を眺めていたのだろう。他の男子たちが慌てて飛び出してきて、舞原は取り押さえられた。教師たちに羽交い絞めにされ、連行される間も彼は抵抗し続けていた。

その時の彼の暴力が誰のためのものだったのかは分からない。ただ、彼はその後の二週間、停学をくらい、クラスに復帰した後も、完全に全員から無視されるようになった。教師も彼に冷たくあたり、彼は居場所を失った。けれど、そんなことも彼には些末《さまつ》なことのようだった。もとより彼は誰のことも求めてはいなかったのだ。

私への嫌がらせも、その日から止んだ。変わらず無視はされ続けていたけれど、もう直接的な危害を被ることはなくなった。あの日、内申も、クラス内での人間関係も、すべてを捨てて憤ってくれた彼のおかげで、私の居場所は守られるようになったのだった。

目にかかるぐらいに伸びた、少しだけ長い真っ黒な髪。低いトーンの話し声。背が高くて、痩せていて、猫背で、目つきが少しだけ悪くて。それでもそんな容姿のすべては彼に似つかわしかった。

教室で一人きりになった舞原零央を、私は目で追うようになった。

初恋だった。

初めて人を愛しいと感じた。

話しかけることも、話しかけられることもそれ以降なかったけれど。私は彼を愛してしまった。時々、放課後、図書室で本の返却を受けるだけの関係。それだけだったけれど、私は幸せだった。

雲間から差し込む光を、『ヤコブの梯子《はしご》』という。創世記の記述によれば、神の御使《みつか》いたちがそこから天と地を昇り降りしていたらしい。

私の人生は、いつだって土砂降りの雨に濡れているだけみたいな、そういう孤独で、辛くて、涙を流しても誰にも気付かれないような、そんな人生だけど。舞原零央の存在は私にとって、救いだった。土砂降りの雨の中、それでも彼がいるだけで、私の心の中に光は差し込む。

孤独な教室の中、私は彼の傍で雨宿りをしていた。

私は彼が推薦で合格した私立高校を受験する。

けれど、塾に通うことも出来ず、模試を受けたこともなかった私は、入試の現状を正確に把握出来ていなかった。読書と勉強ぐらいしか趣味のなかった私は、自分の学力にある程度は自信を持っていた。だが、私立入試の英語と数学にまるで対応出来ず、受験に失敗し、高校進学を諦めた。舞原零央と同じ高校に進めないのであれば、もう学校というものに通いたいとは思わなかった。

卒業式の日。

誰とも一言も会話を交わすことなく、その日を過ごした舞原零央を見つめていた。

何でもいいから彼と話がしたかった。話しかけたかった。ありがとう？　好きです？　ごめんなさい？　幾つもの言葉が頭の中を回り、私はその一つとして彼に告げることが出来なかった。

また、いつか何処かで会えるかもしれない。安易にそう考えていた。けれど、それは甘かった。友達もいない私たちがその後、再度巡り会えるほど、あの街は狭くない。

寂しさを抱えながら、月日は流れていった。

弁護士に離婚を告げられ、路頭に放り出された時、死のうと思った。高架の上から、手っ取り早く身を投げよう。そんなことを考えてもいた。けれど、いざ跨線橋《こせんきょう》の上に立ち、線路を見下ろした時、舞原零央を思い出してしまった。

『俺、死ぬ時は、線路の上で死にたい』

これは偶然だろうか？　あの人の好きだと言っていた高架の上から、あの人が死にたいと言っていた線路を眼下にしている。

人生でただ一人、本当に好きだと思った人。私は彼のことをほとんど何も知らないけれど、好きだというこの気持ちは本当だと思った。幻想の彼に対していつまでも恋心を引きずっているのだと、それも分かっているけれど。すべてをこれから諦めるのならば、そう、これから死のうというのであれば、あと一度だけ、本当に最後にもう一度だけ、死ぬ気で頑張ってみても良いのではないかと思ったのだ。

近くの公園に移動して、砂と埃で汚れたベンチに腰掛けた。バッグを横に置き、わずかな所持品の中から、中学校の卒業アルバムを取り出す。

三年二組のクラス写真では、周りの皆が笑顔を浮かべている中、舞原零央が睨《にら》みつけるような眼差しをこちらに向けている。何度も何度も見つめた、私が所持しているたった一枚の彼の写真だった。

そのページに一枚のプリントを挟んでいた。日に焼けた藁半紙《わらばんし》はボロボロで、折り目はところどころ切れかけている。それはクラスの連絡網で、卒業してから、幾度この薄っぺらな紙を見つめては逡巡したか分からない。

彼の声を聞きたい。もう一度だけ、彼に会いたい。何度も受話器を手にしたけれど、強い願いとは裏腹に、これまで一度として勇気を振り絞ることが出来なかった。たとえ電話を掛けても、舞原零央が今も実家に住んでいるとは限らない。引っ越しをして電話番号が変わっている可能性だってある。適当な理由を並べて、いつも逃げていた。

だけど、今、私は最後に死ぬ気で頑張ると決めたのだ。

駅まで行けば、公衆電話は幾らでも置いてある。何を躊躇《ためら》う必要があるというのだ。

私にはもう、失うものなど何も無い。


必死の祈りが通じたのか、電話番号は変わっておらず、何度目かの呼び出し音の後、

『はい、舞原でございます』

聞こえてきたのは落ち着いたトーンの、しかし可愛らしい女性の声だった。

「もしもし、私《わたくし》、小日向紗矢《おびなたさや》と申します。舞原零央君のご自宅でしょうか？」

『零央は拙宅の息子ですが』

「あの……初めまして。私は中学時代の零央君の同級生なのですが……」

『あら、そうなの？』

受話器の向こうから聞こえる声に、明るい色が混じった。

「はい。つかぬことをお伺いしますが、零央君は今もそちらにお住まいですか？」

『いえ、零央は高校を卒業して以来、東京に住んでいるんですよ』

「そうですか……」

そうか……。予想していなかったわけではないけれど、やはり、零央君はもう実家にはいないのか。どうしよう……。

『……もしかして、同窓会か何かのご案内かしら？』

「あ……はい、そうです。そうなんです」

私は思わず、同意してしまった。

『あら、やっぱり？　あの子も、もう二十五歳だし、中学校を卒業して十年の節目ですものね』

「はい、そうなんです」

それは完全な勘違いなのだが、零央君の母は、どんどん話を進めていった。会話のイニシアティブを握られ、私たちの間で幾つかの話題が行ったり来たりした後、さらに話題は飛躍していく。

『あなた、お優しそうだし、ちょっと、母の愚痴を聞いて下さる？　零央、未だに良い人を見つけていなくて。どこかに素敵な結婚相手がいないかしらって、私、常々心配していたんですよ。恋人もいないみたいだし、何か良い出会いがあればって思うんだけど、ほら、お見合いなんかは嫌がるんですよ、あの子。最近の若い子の風潮なのかしら？　失礼ですけど、あなたも、お見合い結婚は嫌？』

話がどんどん逸れていってしまう。

「そう……ですね。若干の抵抗はあるかもしれません」

『やっぱり、そうなのね。分かったわ。勉強になりました。あ。ごめんなさい、私、自分の話に夢中になって。あの、それでは、どうしましょう？　同窓会のお話は私から零央に伝えましょうか？』

「出来ればこちらから案内を送付したいので、現在の零央君のご住所を教えて頂いてもよろしいでしょうか？」

『もちろんですよ。それより、あなた。もし、同窓会で喋る機会があったら、ぜひ、うちの零央とも仲良くして下さいね』

「あ、はい。分かりました」

『あの子、ちょっと不器用なところもあるけど、本当に良い子なんですよ？　母の太鼓判付きですから、ご友人の方々にもぜひ、お薦めして下さらないかしら』

話し好きなのだろう。止め処なく流れ出てくる、彼の母の話を聞いて。

私は丁寧にお礼を述べた後、受話器を置いた。

すぐに零央君と話すことは出来なかったけれど、予想外に幾つかの近況を知ることが出来た。彼は未婚で彼女もいない。その母は一風変わっていたけれど、裏表のなさそうな素敵な人だった。

もう何も迷うことはない。ただ、彼に愛されるためだけに、私はすべての覚悟を決めていた。その覚悟だけが私にとって、生きる意味だった。

財産をすべて処分して換金すると、彼の家を訪ねるために最低限のお金だけを取り分けた。両親の交通事故に巻き込まれた被害者の娘の連絡先を知っていたから、まとめたお金をすべて、その娘に宛《あ》てて送付する。罪滅ぼしという気持ちもあったし、単純に被害者の娘の他に渡せるような相手がいなかったということもある。ただ、理由はどうあれ、財産のすべてを手放した時、私の中の曖昧模糊《もこ》とした覚悟が確かな形を持った。

私にとって必要なものはもう、わずかなお金と揺るぎない覚悟だけだった。

聞き出した八王子のアパートに辿り着いたものの、いきなり部屋に押し掛けるわけにもいかない。どうしようかと困っていたら、彼の部屋から細身の背の高い男が出てきた。平日だし、時刻はもう午後一時を回ろうかという頃合いだったのだが、彼はスーツを着ている。

これから出勤するのだろうか。スーツ姿の彼に心が躍ったが、とっさに物陰に隠れてやり過ごした。

高鳴る胸を抑えながら、少し離れてついていく。

スラリとした長い足で軽快に歩く彼を、二分ほど追っただろうか。零央君は大通りに出て、バスに乗った。

続けて私も乗りこみ、何人か他の乗客を間に挟んで手すりにつかまる。遠目に様子を窺《うかが》っていたら、次の停留所で三人の女子高生が乗ってきて、そのうちの一人が彼を見つけて表情を変えた。

「あ！ 先生！ 久しぶりー。何やってんの？」

「何って、これから出社すんだよ」

弓道部だろうか。話しかけた少女は、自分の身長より長い弓袋を担いでいた。

「先生、それ新しいネクタイじゃん。彼女のプレゼント？ 趣味悪くない？」

「うるせーな。自腹だよ。つーか、お前ら学校は？」

ぶっきらぼうな口調とは裏腹に、零央君はにやけるでも、突き放すでもなく、淡々と少女の相手をしていた。

「今日、体育祭の代休だから部活だけなの。あ、分かんないとこ、今度、塾に聞きに行って良い？」

「手が空いていたらな」

「えー。良いじゃん。散々、高い授業料払っていたんだから教えてよー」

そうか。先生だったのか……。

流れていく景色を見つめながら、女子高生と零央君の会話に耳を澄ませる。

大人になった彼が仕事をしているのは当然なのだけれど。高校生と会話をする彼を見て、流れた時の長さを実感していた。

期せずして彼の仕事を知ることになり、私は後を追うのを止めることにする。

零央君が下車した一つ先の停留所でバスを降りると、彼のアパートへと戻った。

近くのファミレスで食事を済ませ、働いている彼の姿を想像したりもしながら、帰宅時刻を調べるために再度待ち伏せを始める。

その日の零央君の帰宅は午後十一時半だった。彼の母が言っていた通り、恋人と同《どう》棲《せい》しているような気配もない。

駅付近のビジネスホテルで一泊し、明日こそはと決意を固めた。

そして土砂降りのあの雨の夜、私は最後の勝負に出たのだ。

4

零央君は私の話に黙って耳を傾けていた。相槌を打つことも、途中で口を挟むこともなかった。告げるべきことは、もう幾つも残っていない。

彼の瞳に私だけが映っている。

「不思議ですよね。私たちは何の意識も努力もしないで呼吸をしているのに、生きていくことにも、死ぬことにも覚悟がいるんです。毎日、どうしてこんなに辛いことばかりなのに、私は生きてきたんだろうって思っていました。でも、この一ヶ月は違ったんです。あなたが仕事に出かけている間、私は毎日泣いていました。本当に楽しくて、幸せで、胸がいっぱいだった。愛しくて、あなたを幸せにしたくて、そんな自分を生まれて初めて認められそうでした」

もう私に隠し事や秘密は必要ない。

「これ、今月のパートの給料です」

私は持っていたそれをテーブルの上に差し出した。

「私には、お金はこれしかありません。一緒にいることであなたを高められるような高尚な女でもありません。バツイチで、身寄りもなくて、子どもも出来にくい身体で、もう年齢も二十五を越えました。それでも一つのことだけは約束出来ます」

舞原零央を真っ直ぐに、純粋に、ただ、ひたすらに見つめた。

「もしもあなたが私を傍においてくれるなら、私はもう、死ぬまであなたのことだけを愛します。これから先、どんなに魅力的な女があなたの前に現れたとしても、私が誰よりもあなたのことを幸せにします。あなたが笑う顔を見て私も笑い、あなたが涙を流す時に私も泣きたいんです」

想いのすべてを伝えていく。

「あなたは私の運命の人だから。あなたを愛せただけで、私が生まれてきたことに意味はあったのだと、心の底から信じています。でも、あなたに愛されないのだとしたら、私がこの世界に生まれてきた意味の、きっと半分以上は失われてしまうんです。だから、お願いします。私をここに居させて下さい。今すぐに何もかも、結論を迫ったりはしません。いつまでだって、待つつもりでいます。だから、どうか私のことを愛して下さい。私はもう、本当に、真実に、心の底から、泣きたいぐらいに、卑しいまでに、あなたに愛されたいんです」

二十一秒間の長い沈黙があった。

「一つだけ、質問をさせてくれ」

零央君が言った。

「お前は、もしも俺が断ったとしたら、どうするつもりだった？　死ぬ気で頑張ろうって言っていたよな。死ぬつもりだったのか？」

再び長い沈黙があった。

彼がいったい何を思って、その質問をしたのかは分からない。もしかしたら、答え次第で彼の返事も変わってしまうのだろうか。不安が頭をよぎる。けれど、もう私に出来るのは誠実であることだけだった。ただ、この心の中にある真実の言葉を彼に告げるだけなのだ。

「……そう思っていました。あなたに振られてしまったら、死のうと思っていました」

彼はあの雨の夜、私がこの身一つで訪ねてきたと思っているだろう。だけど一つだけ、ブラウスの下に隠し持っていたものがある。それは、二ヶ月の有効期限がある新幹線のチケットだ。もしも振られたとしたら、新潟に戻り、あの高架の上から身を投げるつもりだった。

けれど……。

「でも、死ねるわけないじゃないですか。こんなにも幸せな感情を知ってしまった後で、死のうなんて思えるはずがなかったんです。あなたに断られたとしたらきついです。悲しくて、どうしようもなくて、きっと死ぬことなんかより、よっぽど辛いし、昨日までよりも、ずっと生きていくことには努力が必要になりますけど、でも死なないですよ」

答えを待った。彼は私を見つめて黙り続けたままだ。沈黙に耐え切れず、

「愛されるより幸せなことって、この世にあると思いますか?」

私は尋ね、自ら答える。

「きっと、ありません。私はそう信じています」

「でも、お前は俺が運命の人だって断定するけど、本当にそうなのかは分からないだろ?」

「何が言いたいんですか?」

「俺が運命の人じゃなかったとしたら、どうするのかなって思って」

「私は恋が終わる日のことを考えて、人を愛したりはしません」

「そういう意味でもないよ。嘘つきはお前だけじゃない」

彼の言わんとすることが、上手く把握出来なかった。

「……どういう意味ですか？」

「そのままの意味だよ」

「あなたも何か嘘をついているということですか？」

少しだけ考えた後、零央君は頷いた。

「別にどんな嘘でも構いません。私にはもう、零央君を想うこと以外、何一つとして残っていないんですから」

「……そうか。もしも、それが本当なのだとしたら。なんだか色々と複雑で、頭の中はごちゃごちゃしているけど、お前が望むとおりの形で、俺は気持ちに応えるよ」

それを聞いて、私の二つの目から涙が溢《あふ》れた。

熱かった。自分の涙がこんなにも熱を持っていたのだと、今、初めて知った。

「俺はお前が好きなんだと思うよ」

「『思う』はやめて下さい」

「じゃあ……」

彼は少しだけ考えてから。

「多分、俺はお前が好きだ」

「『多分』も嫌です」

私の言葉に照れたように、零央君が笑った。


幸せだった。

それは世界中にありふれた問答だったけれど。

あなたがそこにいて、私もここにいる。それ以外に何もいらない。

私は今、とても幸せなんだと気付いてしまった。


その時、誰かがドアをノックした。

「朱利《しゅり》先輩、入ります」

鍵はかかっていない。男の低い声がドアの向こうから聞こえ、ゆっくりと扉が開いた。

「先輩、やっと終わりましたよー。絶海の孤島、マジで半端ないっす」

彼は誰？　やたらとフランクなその男は、ダンボールを抱えていて。

「あ、しかも、実家から大量にスイカが送られてきていたんすよ。先輩も食ってくれません？」

ダンボールを玄関に置き、背の高い細身の男が部屋に足を踏み入れた。零央君と同じような体型で、心なしか顔も似たような雰囲気だった。高そうなジャケットを身に纏い、ホストみたいな髪型で、男なのに幾つものシャープな貴金属で着飾っている。

「あ、すいません。女の子が来てたんすね」

私と目が合い、その男は気まずそうに後ろを振り返った。

「邪魔しちゃいました。これ、置いておきますから、欲しいだけ取っておいて下さい。明日の昼にでも、取りに来ますんで」

「お前が気を遣うなんて珍しいな。別に構いはしないさ。久しぶりなんだ、上がっていけよ」

「いや、恋人来てるところにお邪魔出来ないっすよ。ま、邪魔者は消えますんで。朱利先輩をよろしく」

そう言うと軽快な笑みを残して男は出て行く。

「ありがとうな、零央！」

男の後ろ姿に、そう舞原零央が声をかけた。

え……。零央？

舞原零央が彼を『零央』と呼んだの？

じゃあ、あの男の言っていた『朱利』とは誰？

『零央』と呼ばれたもう一人の男が出て行き、私は彼と再度、二人きりになった。

頭が混乱していた。いや、混乱というよりも、恐怖といった方が正しいかもしれない。覚束無いのに、背筋が凍りつくような感覚。得体の知れない何かが、頭の中を蠢《うごめ》いていた。

「どういうことですか？」

不安を抱えているのは私だけではなかった。彼もまた、苦渋に満ちた眼差しを私に向けている。

「……嘘つきなんだよ、俺は」

「お願いだから、ちゃんと説明して下さい！」

「あの日、お前が俺を舞原零央と呼んだ日。何となく気付いたんだ。偶然を装ってはいるけど、本当はこの子は零央に会いに来たんじゃないのかなって。『舞原』はともかく、『零央』は珍しい漢字の当て方をするしな。でも、確信がなかった。単純にポストを見て、適当に名前を出しただけなのかもしれなかったし、当座、別に名前をなんて呼ばれても俺には関係なかった。このアパートはさ、階段を上がってすぐに二〇一号室があるわけじゃなくて、逆からなんだ。二〇四号室がないから最初の部屋は二〇八号室になる。表札が各部屋についていないからな。お前は右から三番目の部屋の住人である俺を、単純に二〇三号室の舞原零央だと思ったんだろ？　でもこのアパートは左から数えるんだ。俺は二〇六号室の紀橋《きのはし》朱利。二〇三号室は二つ隣だよ」

「そんなの嘘です」

「嘘じゃない。零央は高校の後輩なんだ。あいつと俺は背格好も近いから、十年近く会ってない零央と俺を間違えたって不思議じゃないけど……」

「私のことを試そうとしているんですよね？　あなたが零央君じゃなかったら、私がどうするのかって、それを……」

「お前を可愛いと思ってしまったんだよ。最初に名前を間違えて呼ばれた時、すぐに訂正しようかとも思った。でも、どうせ、すぐに出て行くと思っていたから、別にそのままでも良いかと思ってしまったんだ。見知らぬ女に自室を覗かれているっていう抵抗もあったし、名前を勘違いされているんなら、むしろ好都合だった。そもそも零央は長期の仕事があるとかで、しばらく家を空けていたから。お前があいつに会いに来ていたのだとしても、紹介出来なかった」

血の気が引いていく。

「一週間が経って、最初から零央に会いに来たんだろうなっていう推測は確信に変わった。分かるよ、お前はそうやって感情を隠さないから。でもさ、もしかしたら、あの時出した零央の名前は本当に偶然で、俺のことを想ってくれているのかもしれないとも思ったんだ。お前は何も言わないし、どんどん本当のことを聞くのが怖くなってしまった」

頭が回っていなかった。

嘘だ。きっと嘘だよ……。

「言ったよな。どんな嘘をついていても構わない。私には零央君を想うこと以外何一つとして残っていないって。なあ、お前が言った『舞原零央』って誰のことなんだ？」

私は愛の選択をすべて目の前の彼に委ね、ただ、その言葉を受け入れるばかりだと思っていた。けれど、今。彼はその選択は実は私のもとから動いてなどいなかったことを告げた。

私が愛したのはいったい誰？

「俺は嘘をついた。そんなつもりがあったわけじゃないけど、それでも、お前にとって一番大切な想いを、無茶苦茶にしてしまった。あいつは、本当の舞原零央は、まあ、ちょっと変わり者だけど、お前が信じた通りの良い奴だ。だからどんな選択をしても、俺はそれで良いよ」

涙がもう一度、零《こぼ》れた。そして、はっきりと分かる。これは怒りの涙だ。

「どうして、そんな風に簡単に言えるんですか？　私のことを『多分』かもしれないけど、好きなんですよね？　じゃあ、そんなに簡単に諦めないで！　私が馬鹿みたいじゃないですか！」

「諦めたいわけないだろ！　諦めたくなんてないから、全部話したんだ！」

お互いに瞳に憂いの涙やら、怒りやらを湛《たた》えながら、見つめ合っていた。愛の無いものに怒りを見せたりはしない。そういう感覚だけで言えば、多分、彼は私と同じだ。目の前の彼は私を想ってくれている。覚束無かったはずのそれは確信に変わった。

「……一つだけ。お願いを聞いて下さい」

「何？」

「答えはもう少しだけ待って欲しいです」

「分かってる。時間が必要なのは俺も一緒だ」

愛してくれる人を誰よりも愛す。それが彼の生き方だとしたら、これは結末ではなく始まり。

「ちょっと狭いけど、台所をやるよ」

「ここに住んでいたら、私、本当の零央君になびくかもしれませんよ」

「良いよ。あいつ、変わり者だから、正直、失望してショックを受けないかが心配だよ。それでも良けりゃ、いつまでも、ここにいれば良い」

この愛はまだ始まってもいない。これから始まるのかもまだ、分からない。けれど嘘だけは今、私たちの前から消えて無くなった。


誰かが再度、ドアをノックした。

軋んだ音を立てながら扉が開き、舞原零央が顔を覗かせる。目を隠すその長い髪を軽く手でよけながら、

「すいません。あの、なんか俺、その子、昔どっかで会ったことある気がするんすけど」

舞原零央は肩をすくめながら、おどおどした表情で私を見つめていた。なんだかそれがとても面白くて、笑ってしまった。

それから、私たち三人は友達になった。

四畳半よりも狭い台所で、新しい生活が始まろうとしていた。

第三話

哀しい雨には濡れないで

楠木　風夏

1

結婚式の前夜、眠れなかった私は蓮《れん》君に電話を掛けた。

時刻は深夜三時を回っていたから、彼は深い眠りの中にいたけれど、怒ることもなく私の話を聞いてくれる。真夜中に叩き起こされて、ぼんやりした頭で、それでも私の話を聞いてくれる彼が好きだった。

「いつまでも、ずっと、一緒にいられると良いね」

「そうだな。……でも、永遠を約束は出来ないよ」

まだ夢見心地の蓮君の声が、受話器の向こうから届いた。

「どうして？」

不満そうに言った私に、彼はその低く澄んだ声で告げる。

「きっと、俺の優しさも、お前の美しさも年を取るよ」

「そりゃ肌とか、容姿はそうかもしれないけど」

「それでも、お前を最後まで愛する。そう決めたから結婚するんだ。子どもが出来たからじゃない。心配しないで」

そのまま私が眠くなるまで、蓮君は私の話に付き合ってくれた。なんだか、のろけのようになってしまうけれど。私は蓮君のしっかりと現実を見据えた上で、改めて優しさを投げてくれる、そういう所が好きだった。

結婚式のその日。世界中で一番幸せな花嫁は私だと思っていた。

私には双子の姉がいて、家族が死んでも涙一つ流さないような感情の欠落した女なのだけれど、その姉でさえ涙ぐんでしまうような、そんな素晴らしい結婚式で。

私たちはいわゆる出来ちゃった婚だったし、しかも前置胎盤《ぜんちたいばん》だった私は出産に失敗して、その時に子宮を失ってしまったけれど。蓮君の優しさは年を取ったりはしなかった。

子どもの作れない身体になった私に、「本当は、そんなに子ども好きじゃなかったんだ」なんて、そんな風に嘘をついてくれる彼が好きだった。

もうすぐ結婚して一年になる。

私たちは、上昇気流を描きながら幸せになっていく。そう信じていた。そう、ほんの一ヶ月前までは。

2

二ヶ月前の五月、私たちは高い家賃を払い続けるならばと、中古で3LDKの一戸建てを購入した。

都心から外れているうえに、駅からは徒歩で十分以上かかる。子どももいないわけだし、私はマンションでも良かったのだが、蓮君がどうしてもと一戸建てにこだわったのだ。指南書を熟読しつつ、賢くローンを組んだつもりだが、返済期間は三十年を超える。それでも早期に購入したことで、定年までに返済が終わる予定だった。

新しい家で暮らし始めてから、三週間ほど経った頃。日に何度か、無言電話が掛かってくるようになった。最初はただの悪戯だと思っていた。けれど、その電話は日を重ねるごとに頻繁になっていく。

電話は大抵、蓮君が仕事でいない日中に掛かってきて、私が出ると切れてしまう。見えない誰かに見張られているような恐怖が次第に広がり、真新しい家の中に重たい空気が立ち込めるようになっていった。

掛かってくる電話は番号を非通知にしたものだった。だから、もちろん本体を操作して着信を拒否することも出来る。しかし蓮君の仕事柄、緊急時、どこから電話が掛かってくるか分からないため、その手段を取ることが出来なかった。

ある日、出張明けで、蓮君が珍しく平日に休みだったことがあった。日中、掛かってきた電話に蓮君が出て、応答がないことを確認すると、

「お前、誰だよ。これ以上、ふざけた真似を続けるなら、警察に通報するからな！」

そう一喝した。

これでもう掛けてこないだろと蓮君は笑ったけれど。私の不安は消えなかった。何より、口にはしなかったものの、疑問が一つ浮上していた。これまでは私が出ると、必ず電話はすぐに切られていたのだ。だが、蓮君の声を聞いて、通話の相手は電話を切らなかった。これはただの偶然なのだろうか？

私には今でも親しくしている後輩がいる。高校生の時に部活の後輩だった、舞原零央《まいばられお》である。

零央は東日本を牛耳る旧家『舞原一族』の中枢に位置する人間で、浮世離れした男だ。私と一つしか年が違わないから、もう二十五歳で、男の子という年齢ではないか

もしれないが、いつまで経っても私にとっては可愛い後輩だった。

零央は大学を中退し、二十二歳の時に、自分で興信所を開いた。金銭感覚が狂っているから、ほとんど赤字経営なのだけど、それを気にした様子は感じられない。

私が相談すると、零央はいつものごとく常識を無視して犯人を突き止めようとした。だが、相手はプリペイド式の携帯電話を使っていたらしく、結局こちらからのアプローチで相手を知るのは不可能だった。次に零央は相手の番号を違法な手段で解析し始める。結局、相談をしてから二日後、身元は分からなかったけれど、相手先の番号は突き止めることが出来た。すぐに蓮君がその番号に電話を掛ける。相手はその電話に出ず、翌日、もう一度、蓮君が電話を掛けると、既にその番号は使われていなかった。トカゲの尻尾切り。犯人は番号を知られたことに気付き、すぐにその携帯電話を処分したのだ。腹は立ったが、その一連のやり取りは私たちに一つのヒントを与えた。こちらも番号を変えてしまえば良かったのだ。私たちは固定電話の番号を変え、それですべてが終わったと思っていた。事実、それからの数週間は無言電話も掛かってこなかった。しかし……。

六月ももう終わろうかという頃になり、その無言電話は再びうちの電話を鳴らした。身の毛がよだつというのはこういうことを言うのだろう。一人きりの部屋の中、私は今度こそ本当に怖くなった。新しい自宅の番号は、まだ、身内の人間と蓮君の会社関係にしか伝えていないのだ。

そして、それ以来、無言電話は夜にも掛かってくるようになった。


夜。雨音が静かに鳴り続けている。

当たり前のように、その電話が掛かってきて。就寝の準備をしていた蓮君が受話器を取ると、何かを言いかけて途中でつぐんだ。わずかにその表情が曇ったような気がする。二十秒ほど、受話器に耳を当てていただろうか。蓮君が静かに受話器を置いた。

「ねえ、相手、何か言っていたの？」

私の言葉には答えず、蓮君は窓の外を見つめていた。少しだけ長い沈黙の後、

「……いや、いつも通り無言だったよ」

そう言うと蓮君はセーターを羽織って、眼鏡をはずす。

嘘だ。そう思った。

雨音で私は受話器の向こうの声が聞こえたわけではなかったけれど、君は表情を変えたじゃないか。どうして隠そうとするの？

「ねえ、本当のことを教えてよ。何か言っていたんでしょ？」

「ストーカーだよ。お前はもう、電話を取るな」

「やっぱり男だったの？」

「すまない、明日も早いんだ。今日は眠らせてくれ」

これ以上、話を続けても無駄だと、私は気付く。蓮君は今、それを私に話すつもりがない。それが今、この瞬間のすべてだった。


次の日も無言電話は掛かってきた。午前と午後に一回ずつ。蓮君には出るなと言われていたけれど、私は受話器を取ってしまった。そして、やはり私が出るとすぐに通話は途切れてしまった。

夜七時過ぎ、帰宅した蓮君がスーツの上着を脱ぐのを手伝っていると、呼び出し音が鳴った。

「俺が出るよ。……もしもし、楠木《くすのき》です」

少しの沈黙の後、受話器の向こうで囁《ささや》くような声が聞こえた。

「……それは分かったけど、どうして家に掛けてくんだよ。携帯にしてくれって言ったただろ」

いらついた口調でそう言った後、

「仕事の用件だ」

　ぶっきらぼうに告げると、蓮君は子機を持ったまま、二階の自室に上っていった。彼は何かを私に隠そうとしている。瞬時にそれが分かった。

　忍び足で階段を上り、蓮君の部屋の扉に耳を当ててみる。何事か喋っているのは分かるのだが、厚い扉のせいで仔細《しさい》は分からない。五分ほど話していただろうか、蓮君は子機とデイパックを持って部屋から出て来た。

「帰ってきたばかりで悪いんだけど、出なくちゃならなくなった」

　言いながら、一度脱いだスーツの上着に袖《そで》を通す。蓮君は私鉄で働いているのだが、彼自身経営者一族の一人で、父親が役員であることも大きく関係しているのだろうが、若くして監察官という役職に就いている。だから、何かのトラブルで、帰宅後に再度出掛けていくこともあるにはある。だけど……。

「電話の相手、女だったよね」

「監察部の同僚」

　そう言われたら私は信じるしかない。

　蓮君は車のキーを手に取り、デイパックを肩に掛けた。普段はビジネスバッグを使用しているのに、どうして……。

「それ、何?」

「ああ、仕事の資料だよ。持ってきてくれって言われたんだ」

「すぐ帰ってくるんだよね?」

その言葉にようやく蓮君は振り返って、私と目を合わせた。

「いや、何時に帰れるか分からない。先に寝ててくれ」

そう言い残し、蓮君は出て行った。

緊急時に蓮君が携帯に出られなかった時など、仕事の電話が家に掛かってくるのは、それほど珍しい話ではない。それでも、妻の勘とでも言えば良いだろうか。何か重大な隠し事をされている。確信も根拠もなかったけど、そんな気がした。これまでずっと、無言電話の相手は変質者だと思っていたのだけれど。事実は私の予想と、まったく違うのかもしれない。

付けっぱなしだったFMから、『オネスティ』が流れていた。私は姉のように賢くないから、洋楽を歌詞も見ずに訳せたりはしない。ビリー・ジョエルが何者なのかも知らない。それでも、『誠実さ』って、なんて切ない言葉なんだろう。そう思った。

蓮君の心が分からない。彼を疑わないということこそが、私にとっての誠実さなのだと思うけれど。信じるって難しい。

もう一言、説明の言葉をくれるだけで良かったのに。一口だけでも夕食を摘まんで美味しいねって、ありふれた言葉をくれるだけで心のモヤは晴れたのに。恨めしい気持ちで玄関を見つめながら、そんなことを思っていた。

3

リビングで蓮君の帰りを待ち、夜明けを迎えた。

ソファーに横になり、いつの間にか眠ってしまったようだった。壁の時計を見ると、時刻は十二時を回っている。私が気付かないうちに蓮君は帰ってきて仕事に行ってしまったのだろうか。キーケースに愛車の鍵は無い。昨日、出て行った時はスーツ姿だったから、そのまま出勤した可能性もある。

携帯に掛けてみたのだが、二十秒ほどコールした後、留守番電話に切り替わってしまった。

まだ昼休みの時間だ。今まで彼の職場に連絡を入れたことがなかったから迷ったのだが、勇気を出して電話を掛けることにする。

ワンコールの後、事務員の応答が聞こえた。

「お忙しいところにすみません。そちらに勤めております楠木蓮の家族なのですが、楠木と代わって頂いてもよろしいでしょうか」

『はい、少々お待ち下さい』

保留音が流れる。ショパンだと分かったが、曲名までは分からなかった。

『お待たせ致しました。楠木さんは二日ほど前から休暇に入られています。失礼ですが、ご実家の方でしょうか』

「いえ、家内です。あの、楠木は昨日も一昨日も出社していると思うのですが……」

少しだけ沈黙があった。それから、

『いえ、確かに二日前より楠木さんは出社されていません。一週間の有給を取られたと聞いておりますが』

「有給ですか。すみませんでした、お忙しいところ……」

『いえ、それでは失礼致します』

狐《きつね》につままれたような、そんな気分だった。蓮君は二日も前から会社を休んでいる。でも、おかしいじゃないか。今日はともかく、昨日も一昨日も彼はスーツ姿でちゃんと会社に出掛けていった。じゃあ、あれは一体何だったというのだ？

家のチャイムが鳴った。

蓮君？　覗き穴から確認もせずに、ドアを開ける。

「危ねえな、今、額かすったぜ。何すか先輩、血相変えて」

そこにいたのは舞原零央だった。スイカを抱えて、青ざめた顔をしている。真っ白なワイシャツに黒のレザーパンツ。ちゃらちゃらと幾つもの貴金属で身を飾った軽薄な格好だったが、それが零央だと不思議と違和感がない。

「零央。何、どうしたの？」

「無言電話、どうなったかなって思って。あ、これ家から送られてきたスイカです。なんか三箱も送られてきたんすよ」

「あ、サンキュ」

リビングに上げて、珈琲を出す。零央がうちに遊びに来るのは珍しいことではない。

「ヴェイロンで来た？」

「いや、歩きっす。あれ、運転しづらいんすよね」

最高時速四百キロを超えるというフォルクスワーゲンのブガッティ・ヴェイロン。

親からのプレゼントだというが、零央がそれを運転しているところは、ほとんど見ない。うちには駐車場もあるのだから、乗ってくれれば良いのにとも思うのだが。

「また、今日も暇だったんでしょ、それ。興信所」

「だから、わざと言ってるっしょ、それ。興信所じゃなくて、探偵事務所だから」

「行方不明の猫とか家出した女子高生とか、そんなの探しているだけじゃない」

「うっさいな。世の中ね、そうそう殺人事件とか起こったりしないんすよ。神屋《かみや》先輩に、ちょっと面白そうな事件とか教えてもらって駆けつけても、すぐ警察が現場封鎖しちゃうし。大体さ、一昔前ならすごい密室トリックとか思いついたら、思わず嫌いな奴の殺害計画とか立てていたでしょ？」

「あんたの思想って安易過ぎるのよね」

「『このミス』ってミステリーの文学賞があるんだけど、知ってます？　宝島かどっかの賞なんですけど。あれ、賞金凄《すげ》えんすよ。千二百万。だったら、わざわざ人なんか殺さないで小説書くっつーの」

「あんた、一回、恵夢《めぐむ》の病院で頭開いてもらったほうが良いよ」

珈琲を飲み干し、零央は私の顔をまじまじと見つめた。

「つーか先輩、顔色悪いっすよ。なんか修羅《しゅら》雪姫《ゆきひめ》って感じ」

「心配してんの？　茶化してんの？　なんか、物凄く気ぃ滅入ってたんだけど、馬鹿

の よ」

「つーかね、もう皆働いてんの。あんた、いつまで実家の世話になってるつもりなの

「良かった。先輩が元気無いと、平日の昼間に遊んでくれる人いなくなるんすよね」

零央は物凄く嬉しそうにニヤリと笑みを浮かべた。

らしくなってきたわ」

「分かっていますって。で、無言電話の方どうなったんすか？」

「……うん、まだ掛かってくる」

「じゃあ、やっぱ盗聴器かな。調べて良いっすか？　探知機持ってきてるんすよね」

言いながら、零央は鞄《かばん》からアンテナのような機械を取り出す。

「そんなので本当に分かるの？」

「菜都稀《なつき》に紹介してもらったミラノマフィアお勧めの一品ですからね。日本円で二十三万円ですよ。時々、隣の家の盗聴器にまで反応するんですけど。絶対に見逃さないって意味じゃ優秀なんです」

「ふーん。そういや菜都稀って今、何やってんの？　あの子、探偵やめちゃったんでしょ？」

「律野《りつの》の話じゃ、北海道にいるみたいですけどね。あ、スイッチ入れます」

意気揚々と零央はスイッチを押したのだが……。

「反応しないじゃん」

沈黙を保ったままの探知機を、零央の後ろから覗き込む。

「ちょっと、先輩。顔、近付け過ぎですって」

息がかかるほどの距離に慌てて、零央はのけぞった。

「本当は嬉しいくせに。あんた私にちょっと惚《ほ》れてるんでしょ。もう駄目よ、一回告白しちゃったんだから」

「うるせーなー。俺は惚れっぽいんすよ」

「あんた、演劇部での恋愛は散々だったもんね」

恋愛は惚れた方が負けと言うけれど。多分、その言葉は本当で。私たちがそういう関係になったことは一度もないのだが、それでも零央は私に頭が上がらない。

私は蓮君の前でこそ、つつましやかな妻であると自負しているけれど。実際は、生来、奔放な性格だし、どちらかと言えば、そちらの方が素顔であると言わざるを得ない。

親しき仲にも礼儀あり。私は言い訳としてそんな言葉をよく使うのだけれど。夫である蓮君に対しては、結婚して一年になるというのに、なかなか強気な態度に出ることが出来ない。完全に惚れている弱みなのか、子宮を失ってしまった負い目なのか。理由は自分でも判然としないのだけれど、我ながら従順な妻だと思う。

しかし一方で、不遜《ふそん》な言い方ではあるけれど、零央は良いおもちゃだった。夫より後輩に見せる姿の方が実像に近いという事実は、若干悲しくもあるけれど。零央には払わない礼節を蓮君にわきまえること。それは私にとって、夫に対する遠慮ではなく、誠実さの証だと思っている。

零央は高校時代の後輩だ。といっても私と零央の関係を正確に説明しようとすると少しだけ複雑になる。

私は新潟県の普通の公立高校に通っていたのだが、零央は私立の美波《みなみ》高校という進学校の生徒だった。そんな私と零央を先輩後輩に変えたのは、私の双子の姉、朽月夏音《くちづきかのん》の存在である。私と夏音は一卵性双生児で、ほくろの位置を確認しなければ親でも見分けがつかないほどに瓜二《うりふた》つだ。

中学を卒業した後、夏音は日本海側随一の私立進学校である美波高校に進学した。そして、何を思ったのか演劇部に入部する。そこで先輩たちが、夏音が一卵性の双子であると知った時、私の人生は少しだけ、いや、かなり極端なカーブを描くことになった。なんとその先輩たちは別の高校の生徒である私に、演劇部に入るよう声をかけたのだ。

私は中学生の時はテニス部だったのだが、三年生の時に肘《ひじ》を壊していて。高校では部活に入らないつもりだった。そんな事情もあり、好奇心に惹かれるまま、美波高校の演劇部に顔を出すと大歓迎された。

夏音は役者だったから、下手《しもて》に彼女が消えた途端に私が上手《かみて》から現れるみたいな、そういう本当に単純なトリックが公演で何度か使用され、その度に観客席はどよめいた。私と夏音は美波高校の中でも、外でも、絶対に二人でいるところを見せないようにしていたから、今でも部外者は、私たちが双子だったことに気付いてもいないことだろう。

零央はそんな演劇部に、一つ下の学年で入部してきた男の子だった。

役者志望の部員には、美男美女が揃っていたけれど。零央はその中ですら異彩を放っていた。何しろ生まれからして違うのだ。財閥解体で戦後、大きく力を削がれたとはいえ、舞原家は東日本では有数の旧家だ。生来的なものなのだろう。同級生たちの誰よりも零央には気品が漂っていた。ただ、それはあくまでもすべて、零央の容姿や血筋に関する話だ。演劇部に入部してきた当時、彼は酷く幼稚で、性格が捻《ね》じ曲がっていた。劣等感の塊みたいな男の子で、感情的だった。それもまた、零央をよく知るようになってしまえば一つの味なのだけれど、彼の良い評判というのはあまり聞かなかった。

顔が良いのを鼻にかけて気取っているとか、すかしているとか。まあ、確かに零央にはそういう人の癇《かん》に障るような言動が目立つけれど、実際の彼はそんな噂と相反するかのように惚れっぽかった。

「惚れっぽいって普通自分で言う？　安くなるよ、愛情が」

「すぐ好きになるってのは、それだけ相手の良い所を見つけているってことじゃないすか」

「でも演劇部だけで三連敗じゃん。普通に笑えるし」

「あのさ、振った相手の傷口えぐるのやめません？」

それは有名な話だった。零央は演劇部時代、一つ年上の先輩、つまり私と同学年の女子三人に告白し、三回とも振られている。

「あんた年上にばっかり行き過ぎなんだよ。ただでさえ子どもっぽい性格しているんだから、相手にされないって」

「ああ、もう良いっすよ。話変えましょうよ。先輩に告白したのも、いい加減忘れてくれません？　先輩だって一応、人妻なんですし」

零央は私が高校を卒業する日、わざわざやって来て卒業式に出席していった。そして式の後、私に告白してきた。彼の告白は演劇部の中だけでも私で三人目になると知っていたけれど。それでも役者を中心に、あの演劇部には可愛い女子が多かったし、それなりに嬉しくはあった。

後にも先にも、零央以上に容姿の整った男子に告白される機会もないだろう。振った後、私の何処が良かったのかと聞いたら、零央は『顔』だと即答した。変な奴だった。とにかく、こいつの美的センスは当てにならないのだとその時、気付いた。

高校を卒業し、大学に進学した私は、当然、演劇部の仲間とも離れていった。けれど、私に振られたはずの零央は何の気兼ねもなく、それからも連絡を取り続けてきた。要するに私は零央に懐かれたのだった。悪い気はしない。人見知りが激しく、世の中全部に敵愾心を向けているみたいな高校生だった零央が、私に心を許したのだ。

それ以来、私と零央のこのフワフワしたよく分からない関係はずっと続いている。

蓮君と私が結婚しても、零央との関係にさしたる変化は訪れなかった。私と零央は、平日の真っ昼間から二人で遊ぶことがある。それも、『動物しりとり』の可能性を追求し続けるとか、そういう無意味な話題で、延々と何時間も盛り上がったりするのだ。

私たちはとにかく、相性が良かった。

その日の夜、九時過ぎに電話が鳴った。

また、あの無言電話なのだろうか。恐る恐る出たのだが、相手は蓮君だった。ようやく連絡が取れたとホッとしたのも束の間、蓮君から語られた言葉は、私を混迷の中に引きずり込んだ。

『急に出張が決まってさ。二日くらい帰れないかもしれない』

問いただす暇もなく、電池が切れるからと、向こうから通話を切られた。三十分ほどしてから掛け直したのだが、電池が切れているのか、はたまた電源を意図的に落としているのか、繋《つな》がることはなく。その一時間後に掛けた時も同様だった。

昨日、一昨日と、蓮君は有給休暇を使って、会社へ行く振りをしながら、何処か別の場所に行っていた。昨晩出て行ってからは、自宅に戻ってきてすらいない。出張だなんて嘘までついて、彼は一体何をしているのか。

蓮君が出て行くきっかけになった電話以来、無言電話は一度も掛かってきていない。無関係だとは思えなかった。

彼を信じたい気持ちとは裏腹に、浮気を勘ぐりながら、私は零央に正式に真相究明を依頼することにした。

4

日が明けて。依頼を受けた零央は、お昼前にやって来た。

蓮君は手帳を携帯する習慣がない。大事な用件は大抵、携帯電話にメモリーしている。その電話は当然、彼が持っていったから、当座、この家に手がかりはない。

私は零央と一緒に二階の蓮君の部屋に入った。大きな書棚が二つ並び、デスクトップとノートの二種類のパソコンが置いてある。私自身はパソコンなど高校の情報の授業以来触ったこともない。零央も私がメカオンチだということはよく知っている。

「一応、念押ししておきますけど、何が出てきても怒らないで下さいよ」

言いながら零央はデスクトップの電源を入れた。数十秒後、スクリーンに映し出されたのは私の姿だった。

「壁紙、先輩じゃないっすか。馬鹿夫婦っすね」

間髪を入れずに零央の頭を引っ叩《ぱた》く。

「いって。楠木さんってそう言えば、よくデジカメ持ち歩いてましたもんね。写真撮るの好きなんすか？」

「ま、被写体が良いからね」

「それ、自信過剰っすよ。先輩、明らかに外見は人並みじゃないすか」

「その人並みに告白して、瞬殺されたイケメンは、お前だ」

「傷口に染みますね」

　零央は幾つかのフォルダを確認していく。

「つーか、デジカメの画像、枚数多いっすね。これ、二人で夜な夜な見てるんすか？」

「いや、私あんまり興味ないんだよね。昔の自分とか」

「そういや、先輩、演劇部で写真撮る時も大体、自分が撮るって立候補してましたもんね。夏音先輩はそういうこと絶対にしないもんな。つーか、一卵性の割に性格は全然似てないっすよね、お姉さんと」

　姉の夏音は、とにかく人に自分をつかませない女だ。本心を話さず、二重三重に裏のある、独特のふてぶてしい喋り方をする。身内ながら、お世辞にもあまり性格の良い人間とは言えない。零央はまったく同じ容姿の私と夏音を見て、私を好きになった。その点、女を見る目はあるということにしておいてやろう。傲慢《ごうまん》な言い分だが。

零央は次々とフォルダを開いていき、デジカメの画像を確認していく。目ぼしき女が写っていないかを調べているのだ。私は暇になって、蓮君の書棚を眺めていた。普段、私は本を読まない。

「先輩と楠木さんが付き合い始めたのって大学生の時でしたよね。でも、高校生の時に出会っていたんすね」

「何言ってんの？　サークルの合コンで初めて会ったって、前に話したじゃん」

「でもこの写真、高校のスキー合宿でしょ？　内部アプリケーションで圧縮されていましたから、ずっとほったらかしにされていたんでしょうけど。これ、先輩が化粧する前じゃないですか」

パソコンの画面を覗き込む。そこには私と蓮君が確かに写っていた。どこかホテルのロビーのような場所で撮られた写真だった。蓮君もまだ眼鏡をかけていない。

「いつの写真だろ。確かに結構、昔だね」

「スキー合宿ですよ。これ湯沢《ゆざわ》のうちのホテルだから、絶対、高校の時の写真ですよ。プロパティで日付確認しましょうか。ほら」

零央が表示させた画面に映った作成日時は、確かに私が高校三年生の時のものだった。

その時、ものすごく嫌な予感が走った。

「ちょっと、待って。変よ、これ。私、スキー合宿には参加したことないもの。だって高校が違うんだから」

「じゃあ、日付のデータが間違っているのかな。先輩たち、ウィンタースポーツやっていましたよね？」

「そうだけど。こんなの撮った記憶ないよ。これ、本当に湯沢？」

言って、さらに画面を凝視する。そして、私はそれに気付いてしまった。その事実を認めたくない。けれど、私に限ってだけは有り得る話だった。

「違う。これ、私じゃないよ」

「え……。でも、そんな……、え、じゃあ、これって」

一卵性双生児の私の姉。

「夏音だよ」

「でも、夏音先輩は大学行かないで、副長の会社に入っていますよね。楠木さんと接点なんて」

零央の言葉はもう耳に入っていなかった。蓮君と一緒に写真に写っている女は、美波高校に通っていた姉、夏音だ。間違いない。

卒業後の就職を決めていた夏音は、三年生の冬にも合宿に参加している。私は当時、死ぬほど勉強をしていたから、密かに夏音に腹を立てていたのだ。

「じゃあ、夏音先輩と、楠木さんが知り合いだったたってことですか？　そんな馬鹿な。だって、結婚する前に夏音先輩と楠木さん、顔を合わせていますよね。もしそれが本当なら……」

「言わないよ。夏音の性格知っているでしょ？　そういうところでほくそ笑むような女よ。蓮君も、私の感情がどうなるかって考えたら言わないと思う」

「そりゃ、まあ、夏音先輩はそうかもしれないっすけど」

「蓮君、私のこと一目惚れだって、そう言ってたのよ。会って、すぐ好きになったって。でも、ワンクッションあったんだね、本当はきっと」

「……まあ、見た目は一緒でしょ。先輩が惚れられたようなもんですって」

「あんた、それフォローになってないからね」

私に睨まれ、零央は黙った。マウスを手に取り、パソコンを消す。

「無言電話、夏音かもね」

「浮気相手がお姉さんだったら、どうします？」

「とりあえず、決着がつくまでは傍にいてくれるのよね？」

「まあ、正式に依頼も受けましたしね」

「じゃあ、ちょっと私が感情をコントロール出来なくなったら助けて。今から、夏音に電話を掛けてみるわ」

時刻は午後三時前。平日のこの時間なら、普通のＯＬは携帯電話に出られないだろう。だが、夏音は普通のＯＬではなかったし、役員待遇で相当の自由が与えられている。

夏音は高校卒業後、演劇部の先輩が立ち上げた会社に就職し、現在に至っている。仕事で海外をあちこち飛びまわっていることが多いが、今は日本にいるはずだ。東京の支社に勤務しており、都心の青山に住んでいる。

コール音が七つを数え、私が諦めて切ろうとした時、

『思ったより、早かったね』

開口一番、夏音はそう言った。

「今、どこ？　仕事中？　全部、あんたなの？」

『風夏《ふうか》、人間は一度に一つずつしか答えられないよ』

平静で低いトーン、いつもの夏音の声だった。

「質問に答えて」

『君は考えることの出来る葦《あし》だろう？　薄々、勘付いていると思っていたのだがね』

人を小馬鹿にしたような、回りくどい言い方が癪《しゃく》に障る。

「蓮君はそっちに居るの？」

嚙《か》み殺したような笑い声が聞こえた。

「ふざけないで！」

『蓮は自分の意思でそこを出て行ったのだろう？　君に明確な別れを告げなかったのであれば、それは、そんな時間すら彼には無駄に思えたということだ』

「婉曲《えんきょく》な言い方をしないで！」

電話の向こうで夏音は私を挑発している。そう感じられた。

『蓮はやり直すことにしたのだよ。無駄にした時間を取り戻し、償いの時を贖《あがな》いとして捧《ささ》げるために』

「蓮君を出して」

『私は蓮をさらってもいなければ、コントロールしているわけでもない。ゆえに君に語る言葉もこれ以上持たない』

「何言ってるのか意味分かんないのよ！　はっきり言いなさいよ！」

『もう、蓮は君だけのものではないということだ』

　奪うつもりなのか、私から。

『蓮が誰のものかは君が判断すれば良い。それでは、私は忙しいので切らせてもらう。息災を』

　それだけ言うと、電話は切れた。すぐにもう一度掛けたが、今度は電源が入っていなかった。これ以上、話すつもりはないという明確な意思表示だった。

「どういうことっすか？　穏やかな感じじゃなかったですけど」

「蓮君はもう私だけのものではないとかなんとか」

「奪っちゃったってことっすかね」

「知らないわよ。電波女の考えることなんか。昔っから、意味分かんない奴なのよ」

「じゃあ、これからどうするんすか？　少なくとも夏音先輩は楠木さんの居場所を知ってるってことですよね」

「てか、監禁でもしてんじゃないかって疑いたくなるわよ」

「了解です。気乗りしないですけど、ちょっと姉貴に今日の夏音先輩のスケジュールを聞いてみます」

　零央の姉、舞原紅乃香《このか》は私の一つ上の学年で、やはり演劇部に所属していた。彼女もまた、演劇部の先輩が立ち上げた会社に就職し、夏音同様、東京支社に勤務している。零央は姉にはあまり連絡を取りたがらない。特別仲が悪いということもないのだろうが、少なくとも、相談相手には常に姉ではなく私を選ぶ。

姉弟らしい世間話も交えながらの通話を終え、零央は事態を報告する。

「姉貴の話じゃ、夏音先輩も昨日から有給に入っているみたいっすよ。これは本格的に駆け落ちとか、監禁とか、駆け落ちとか、ありそうっすね」

「何で、駆け落ち二回言うわけ？　ぶっ飛ばされたいの？」

私に睨まれ、零央は本気でびびっていた。

「準備をして夏音の家に行くわよ。あんた私の依頼を受けているんだから、こっちの味方よね？　武器持っていきなさい。電波なんだから、実力で分からせないと駄目な女なのよ」

「いや、まずは話し合いましょうよ。姉妹なんだし」

「あんた、あいつとまともな話し合いが出来るって本気で思ってる？」

「いや、そりゃ、正直、思えませんけど……」

「じゃあ、決まりじゃない。武器しかないでしょ」

零央は一つ大きく溜息をついた。

「まあ、武器ってのは、半分は本気だけど、半分は冗談だから」

「先輩それフォローになってないって、分かって言ってますよね？」

5

午後、五時。私と零央は夏音のマンションに到着した。

夏音のマンションは三十階建ての新築で、２ＬＤＫ。青山の一等地だから相当な高額物件のはずだが、四年前、東京支社への転勤が決まった時、夏音はこのマンションを現金一括払いで購入した。会社が大部分を出してくれたという話だし、確かに副長のことを思い出した時、それはいかにも有りそうな話なのだが、それにしてもローンの返済のため、家計のやり繰りに日々、四苦八苦している身分からすると腹が立つ。

管理人には私と夏音を見分けられるはずが無い。部屋に鍵を置いたまま出てきてしまったと告げ、玄関フロアのドアを開けてもらった。双子であることを利用した私の手馴れた手口に呆れながら、零央もついてくる。

「楠木さんがいたらいたで夫婦喧嘩になるだろうし、いなかったらいなかったで、電波先輩と人妻の骨肉の争いが展開されるわけっすね。憂鬱《ゆううつ》だ」

「あんた、ちょっとでも夏音の味方をしたら、契約不履行でお金払わないからね」

「ちょ、勘弁して下さいよ。俺、このお金が入ってこないと家賃払えないから、また親のカード使わなきゃいけなくなるんすから」

「働け、ちゃんと」

エレベーターへ向かおうとした時、郵便ポストが目に入った。ためらうことなく夏音の部屋番号のポストを開ける。

「ちょっと、先輩。良いんすか？」

罪悪感が無いわけではない。けれど、状況は切迫しているのだ。感情のバランスを取るためにも、少しでも気になったことは無視しない方が良い。

ポストの中には一通の封筒が入っていた。表には差出人として、『メモリーズカプセルコーポレーション』という社名が印刷されており、朽月夏音宛てとなっている。

二秒ほど迷った後、私は封を切った。そして中から現れたのは……。

「どういうこと……」

封筒の中から出てきたのは、もう一通の手紙だった。裏面の差出人は『朽月稜《りよう》』となっている。

「何で稜君から、夏音に……」

「朽月稜って、確か先輩たちのお兄さんっすよね？　でも、二年前に……」

そうなのだ。私の兄、朽月稜は二年前に他界している。それなのに、どうして今、稜君からの手紙が夏音に届くというのだ。

状況が全く分からなかった。確かに、稜君と夏音は家族の中で誰よりも仲が良かったけれど。でも、どうして死んだはずの兄から、今更、姉に手紙が届くのだ。嫌な予感が背筋を走った。見てはいけないものを見てしまった時の感覚。

「先輩、それ貸してもらっても良いですか？」

言われるがまま、二組の手紙を零央に手渡す。

零央は社名の印刷された封筒を見つめた後、稜君からの手紙を掲げ、光に透かした。

「何かの手掛かりになるかもしれないですし、俺、この会社を調べてみます。あ、もちろん、こっちの手紙は封を切りませんので」

零央は小型のショルダーバッグの中に、丁寧にそれをしまった。

頭の中がぐらぐらと揺れている。これは良くない兆候だ。そんなことを思いながらも、私は引き返すことも出来ず、エレベーターのボタンを押した。

夏音の部屋は二十八階の角部屋だ。夕暮れ時、眼下に広がる霊園が赤く染まっている。同じ東京に住んでいるというのに、この格差は何なのだろう。チャイムを押したが、物音一つ聞こえない。今度は三回扉を叩く。だが、やはり返答は無かった。居留守に決まっている。私は感情に任せて、ドアノブを回した。予想に反して鍵は掛かっていなかった。ドアはあっけないほど簡単に開く。

中からカレーの香りが漂ってきた。夕食の準備でもしているのか？

乱暴に靴を脱ぐと、そのまま部屋の奥に入っていく。

「夏音！」

広々としたキッチンに私と同じ顔をした小悪魔が立っていた。髪をブラウンに染めたミディアムショートの私と、黒髪セミロングの夏音。今や、髪型も服装の好みも違うが、顔のパーツはすべて同じだ。

「おやおや、久しぶりだというのに血相を変えてどうしたのかな？　我が妹よ」

「前から言おうと思っていたんだけどね、私はあんたを姉だなんて思ったことないのよ。子宮を出たのはあんたが先かもしれないけど、この世に生を受けたのは私の方が先なんだからね」

「その話は確か迷信だったと思うがね。まあ、良いさ。ヤコブとエサウの事例もある。

それより味見でもしてくれないかな。結構な自信作なんだ」

「断る。あんたの下手な料理を食べに来たわけじゃない」

「それは残念だ」

夏音は再び鍋《なべ》に向かい始める。私はその肩をつかんで強引にこちらを向かせた。

「私の話を聞け。蓮君はどこにいるの？」

私たちは双子の姉妹だ。遠慮も、手加減も、同情も必要ない。

「もう、知ってるのよ。あんたと蓮君が知り合いだったたってことはね。あんた、私が蓮君を紹介するよりも前に、もう彼を知っていたんでしょ？　スキー合宿で蓮君と会ってるわよね」

夏音の表情がわずかに曇った。畳み掛けるタイミングは今だ。

「あんたさ、私が結婚決まって蓮君を紹介した時、何て言ったか覚えてる？　もうちょっと良い男を選ぶかと思った。そう言ったのよ。あれさ、嘘でしょ。私たちは性格も生き方も全然違うけど、小さい頃から男の好みだけは驚くほどに一緒だものね。お互いのためにも言わない方が良いかなって思っていたけど、あんた高校の時、芹沢《せりざわ》君のこと好きだったたでしょ。私もだよ。同じなんだよ、私たちは」

零央は黙って私の話を聞いていた。

私と夏音の間を流れる空気が、次第に凍りつき始めている。

夏音が何も反論しないということは、描いた筋書きが概ね当たっていたということだ。覚束無かった推測は確信に変わってゆく。

「蓮君は私に一目惚れしたって、しきりに言っていたけど。今になってようやく分かったわ。蓮君は高校生のあんたに、あの湯沢のホテルで会っていたのね。パソコンの中に、あんたと撮った写真が入っていたわ」

私は夏音の頰《ほお》を引っ叩いた。

「知り合いだったって、隠していたのは何で？　気付かなかったなんて言い訳は通用しないわよ。あんたがどれだけ記憶力が良いか、私が一番よく知ってるんだからね」

夏音の左の頰が赤く染まっていた。私は手加減なしで引っ叩いたのだ。それでも、夏音は表情を変えずに私を見つめ続けていた。

「答えなさい。隠れて蓮君と会っていたんでしょ？」

どれだけの間、沈黙は続いただろうか。

私たちはお互いを見つめ続けていた。このまま自分が溶けて夏音の瞳の中に吸い込まれてしまうのではないだろうかとさえ思えた。私は夏音で、夏音は私だ。かつて私たちはずっと二人で一つだった。

　やがて夏音がゆっくりと口を開いた。

「私の口からどんな言葉を聞きたいというのだね？」

「すべてを」

「傲慢だよ、それは」

　夏音に逃げ道を残してやるつもりはない。

「すべてを話して」

　もう一度だけ、反芻《はんすう》するかのような時を夏音は抱いた。それから、

「蓮は、もう、君だけのものではない。そう言っただろう？　言葉を繰り返させないでくれ。伝わらない言葉を吐いた自分の愚劣さを痛感させられる」

「分かるように言いなさいよ」

「理解するつもりのない人間に、理解してもらえる言葉は吐けない」

　再度、言い返そうとしたその時、部屋の電話が鳴った。

　咄嗟に受話器に手を伸ばし、それを取る。夏音は微動だにせず、私を見つめたままだ。私は受話器を耳に当て、息を呑《の》んだ。

『もしもし、夏音か？』

電話の向こうから聞こえてきた声は、私の夫、楠木蓮のものだった。

「……そうだ」

私と夏音は口調と言葉のトーンこそ百八十度違うが、声自体はほとんど変わらない。私は夏音の口調を真似て、低い声でそう言った。

『ちょっと、予定が狂ったけど、何とか間に合わせられたよ』

私には蓮君が何を言っているのか分からない。けれど、夏音と蓮君の二人には暗黙の了解がなされている話題なのだろう。

『待たせて悪かったな。随分と迷惑を掛けてしまった。後で、しっかりと礼をするよ』

いったい、蓮君は何の話をしているのだろう。「待たせて悪かった」それは、どういう意味？　私と結婚していた間、ずっと夏音を一人きりにしてしまった。そういう意味なのか？

『もしもし？　夏音、聞こえているのか？　やけに無口だけど』

「大丈夫、聞こえているよ」

『そっか、何か声が変だな。風邪でも引いたか？　まあ、いいや。一度、帰りがけにそっちに寄るよ。早く見せたいんだ』

意味が分からない。私には相槌を打つことしか出来なかった。

『そっちに着くのは何時くらいになるかな。多分、二時間もしないで帰れるとは思うんだけど。ゆっくり待っていてくれると嬉しい。じゃあ、俺、運転しなきゃだから、切るな』

「うん……気をつけて……」


沈黙が続いていた。私は頭の中で今の会話を整理しようと試みたのだが、あまりにも情報が少なすぎた。

「何を聞いたのか知らないが、人の電話に勝手に出て、自分を偽りまでしたのだ。もう、十分に納得がいっただろう？」

私は夏音を睨みつけた。

「蓮君はここに帰ってくるらしいわ。待たせてもらうわよ」

「好きにすれば良い。私には関係のない話だ」

「関係があるかないかを決めるのはあんたじゃないわ。……零央」

それまでずっと黙って私たちのやり取りを見つめていた彼を呼ぶ。

「あんた、夏音を見張ってて。私はそっちの部屋を捜索する」

「いや、捜索するって言われましても……。夏音先輩、結局どういうことなんすか？先輩が話してくれれば、解決するかどうかはともかく、事態がはっきりすると思うんですけど」

即座に夏音は零央を睨みつける。

「君も人の話を聞かない男だな。私には関係のない話だと言っただろう。どうして、それを説明しなきゃならないんだ？　君に出来ることは黙って事態を見つめていることだけだ。夕食ぐらいは、ご馳走《ちそう》しようじゃないか。もうしばし、風夏の自己満足に付き合ってやってくれたまえ」

再度、夏音を睨み、それから隣の部屋のドアを開けた。

「そっちの部屋、調べさせてもらうわよ」

「書籍は大切に扱ってくれ。その入れ物の中には真理が入っているかもしれないのだ」

「黙れ」

言って、私は隣の部屋に入っていった。

あらゆる方向が書棚で埋め尽くされ、天井まで一面書籍だらけの夏音の私室。読書が好きな蓮君とは、きっと私よりも話が合うだろう。何となくそれが想像出来てしまって、私の瞳から雫《しずく》が零れ落ちた。

屈折した性格の夏音とは対照的に、私はそれなりに真っ直ぐ生きてきたと思うし、細かいことも気にしない性質だ。だけど、何故なのだろう。昔から、恋をしてしまうと極端に憶病《おくびょう》になってしまうのだ。何でも打ち明けたい。私の何もかもを理解して欲しい。もちろん、そういう願いは強く抱いているのだけれど、そんな想いよりも、嫌われたくないという気持ちが必ず前面に来てしまう。

好きな人にだけは、いつまでも遠慮してしまう。私はそういう臆病な女だった。結婚して、もうすぐ一年になるというのに、私は変われなかった。

蓮君はそんな私を見限ってしまったのだろうか。

いつまでも本音を晒さない私を彼は……。

「泣いてるんすか？」

気が付くと、零央が私の後ろに立っていた。

「泣いてないわよ。ぶっ飛ばすわよ。向こうに行ってなさいよ」

「……俺、先輩の味方ですから」

「当たり前でしょ」

「もし、先輩が離婚することになったら、俺、先輩のこと、もらっても良いっすよ」

振り返る。零央が真剣な眼差しで、いつだったか、そうあの卒業式の日に私に好きだと告げた、あの時の眼差しで見つめていた。

「俺、先輩のこと今でも好きですよ。多分、楠木さんより、俺の方が……。もちろん、こういうことが天秤《てんびん》上の質量の問題じゃないって分かってるけど。でも、俺……」

私は零央を見つめる。零央は私から目を逸らさなかった。

いつだって零央の人生は、逃げ道を駆けてゆくだけの、なんだかそういう情けない人生だったはずだ。姉や親族、クラスメイトに演劇部員。青春時代、いつだって、みんな、零央よりも優秀だった。そんな零央にとって、逃げることはいつしか当たり前になっていた。

誰が悪かったわけでもない。ただ、『舞原』に生まれてしまった宿命を抱えながら、零央は当たり前のように普通以上を求められ、視線を逸らし、生きてきた。

その零央が今、私から目を逸らさない。

私は立ち上がり、軽く零央の頭を小突いた。

「強くなったね。あんたが、こんなに強くなっていたなんて、私、気付かなかったよ」

「先輩、帰りましょうよ。俺がなんとかしますから」

零央はいつの間にか、男の子ではなくなっていた。

「俺が傍にいますから」

零央はもう立派な一人の男だった。けれど、それでも。

「ごめんね。あんたの気持ちは嬉しいけど、やっぱり、あんたはまだ子どもだよ」

「一つしか違わないすよ」

「年齢の問題じゃないよ。あんたは結婚するってことの意味が分かっていない」

私は決定的な言葉を零央に告げる。

「結婚は恋愛じゃない」

それは、当たり前のようで、でも、きっと経験せずには手に入らないような、そういう類の真実だった。

「嫌になったら、諦めてしまえるものじゃないんだよ」

「でも、楠木さんは夏音先輩と……」

「浮気をしていたのなら許さないよ。でも、それも関係ないんだよ」

「分かんないっすよ」

「何があっても最後まで愛する。そういうシンプルな覚悟を決めたから、結婚したんだよ。結婚の誓いっていうのは覚悟なの。あんたにはまだ、分からないかもしれないけど」

「でも……」

「覚悟なの」

私の言葉に零央は言葉をつぐんだ。

「蓮君を待とう。話を聞こう。私たちには、きっと、それが必要なのよ」

後方から声が聞こえる。

「カレーが出来たよ」

夏音がドアから覗いていた。

「お二人よりは冷めているかもしれないがね」

「一人で食ってろ」

私は夏音の戯言に、そう吐き捨てた。

6

夜の帳《とばり》の中、ここにだけ世界が存在しているような、そんな気さえしてくる高層の静かなマンション。そのチャイムが鳴った時、私と零央はまだ夏音の私室にいた。

足音で夏音が玄関へ向かうのが分かった。扉の開く音が聞こえ、蓮君の声が響く。

「良い匂いがするな。カレーか？」

「食べていくかい？」

「どうしようかな」

部屋を出る。

五秒後、玄関にて私と蓮君は対峙《たいじ》していた。

「風夏、どうしてここに……」

蓮君は目を見開いて驚いていた。

「秘密にしておくって話じゃなかったのか？」

困ったような顔をして、蓮君は夏音を見た。

「風夏は何も知らないよ。分かった気になっているだけだ。引用になるが、言葉にしても正しく伝わらないものは、まったく説明しないのが一番良い」

夏音の弁舌に耳を傾けるつもりはない。

「蓮君さ、高校生の夏音に湯沢で会っていたんだよね」

彼の表情が曇る。そして、それだけで答えには十分だった。

「……そのことも話したのか？」

助け舟でも求めるように、蓮君は再度、夏音の方を見た。

「パソコンを見たの。夏音が高校生の時の写真が出てきた。蓮君も写っていた」

思い当たる節があるのだろう。それが表情から読み取れた。

「お願いだから、今更とぼけないで」

「ろくに説明もせずに出て行ったことは悪かったと思ってる。だけど、俺はこれが正しいと思ったんだ。夏音に言われたからじゃない。俺が自分で考えて自分で決めたんだ。お前、夏音のせいにしているだろ？　だけど、怒るなら俺に怒れよ」

「何それ？　浮気にどっちか片方だけが悪いとかあるわけ？」

私の言葉に再度、蓮君は表情を歪《ゆが》めた。

「夏音、お前なんて説明したんだ？」

夏音は表情一つ変えずに答える。

「蓮は君だけのものではない」

「それだけ？　じゃあ、風夏は実家に帰っているって俺に言ったのも……」

「演出」

蓮君は頭を抱えた。何のことなのか私には分からない。

「お前、わざとそういう誤解を招くようなことをやっているだろ？」

「風夏は奔放に見えて、実際は抱え込むタイプだ。新しい生活を始める前に、一度、感情を爆発させてリセットさせた方が良い。というのが理由の二割」

「残りは？」

「私が楽しいというのが九割」

「計算が合ってねえ」

言って蓮君は大きな溜息をついた。それから零央を見る。

「零央、何で君がここにいるのか分からないんだけど、とりあえず第三者みたいだから、俺の質問に答えてくれる？　もしかして風夏の中では、俺と夏音が浮気していることになっているのか？」

「はい、まあ、当然。高校生の時から、二人は知り合いだったんですよね？」

「そこがまず意味不明なんだけど、何でそれを知っているんだ？」

「奥さんの依頼で、楠木さんのデスクトップを調べたんです。そしたら美波高校のスキー合宿の写真が出てきて、そこに楠木さんと夏音先輩が二人で写っていたんです」

考え込む蓮君に零央は説明を続けた。

「お二人は惹かれあっていた。そして大学生の時に出会った風夏先輩を夏音先輩だと勘違いした楠木さんはアプローチをかけ、付き合い、結婚することになった。だけど、その時起こった不幸なすれ違いが、今になり、嵐《あらし》を引き起こしてしまった」

「なるほど、大体分かった。お前らは名探偵だな」

皮肉っぽくそれだけ言うと、蓮君は黙り込んでしまった。

沈黙に耐え切れず、口を開く。

「ねえ、蓮君は、もう私だけのものではないって、そう夏音は言ったわ。それは、そういう意味なんでしょ？」

「厳密に言えば違う」

「でも、あの無言電話は夏音だったんでしょ？」

少しだけ迷った後、蓮君は頷いた。

「さっきの話じゃ、演出らしいな」

「意味が分かんないよ。会社に電話して聞いたんだけど、有給休暇って何？」

「色々と時間が必要だったんだ」

「何のための時間なの？」

蓮君は私を見つめた。

「お願い、もう隠し事はうんざりなの。はっきり言って」

それから、またどれくらいの沈黙があっただろうか。

やがて、蓮君は決意を固めたように口を開いた。

「明日、何の日だか分かるか？」

「……七夕でしょ」

「初めての結婚記念日だよ」

「知ってるよ」

「結婚して、風夏が一番楽しみにしていたことって何だった？」

「まあ、仕事を辞められるってのは嬉しかったけど」

「それは消去法だろ。風夏が一番楽しみにしていたのは、子どもだよ」

「そんなことないよ」

私は即座に否定した。

「俺は旦那《だんな》だぞ。お前のことは俺が一番よく知ってる。あの手術の後、お前がどれくらいのショックを受けたのか、一番近くで見ていたんだ」

「そんなことないよ。だって私……」

「気付けよ。世の中には嘘がつけない相手だっているんだ。お前にとっては俺がそうだ。お前がそうやって平気そうに振る舞っても分かるんだ」

「私は子どもなんて……」

「分かるんだ」

大きな声で、はっきりと蓮君はそう言った。

「ずっと考えていた。どうすれば良いんだろうって。お前は俺がいればそれで幸せだって、そう言ってくれるけど、でも、幸せに上限なんて設ける必要はないだろ？　もっと幸せになる権利が風夏にはあるはずなんだ。俺と結婚したんだからな。だから、ずっと考えていた。夏音に相談もしていた」

夏音を見る。聞こえないふりでもしているのか、夏音はカレーを掻き混ぜていた。

「でも、どうしても思いつかなかった。養子を迎えたら良いんじゃないかと思ったこともある。だけど風夏が何ともないように振る舞っているのに、俺からそれを言うのも違う気がした」

蓮君は零央に視線を移す。

「平日、零央が遊びに来てくれた日は、いつも風夏は機嫌が良いんだ。本当はちょっと嫉妬《しっと》も感じているけど、でも感謝している。いつも、ありがとう。……だけど、いつまでも風夏に付き合ってばかりもいられないだろ？　私立探偵、上手くいってないよな。今はまだ若いから良い。だけど、いつまでもこんなモラトリアムみたいな生活を続けていちゃ駄目だ。親が倒れる日はいずれやってくる。その時、最後まで『舞原』が守ってくれるとは限らない。立ち入ったことを、忠告しているのも分かっている。だけど、零央、ちゃんと働かなきゃ駄目だ」

零央の表情が曇っていた。零央は現実と向き合うのが得意ではない。

蓮君は私を真剣な眼差しで見つめながら、結論を告げた。

「風夏、俺たちには『新しい家族』が必要だと思う」

結婚後、仕事を辞めて出産の準備に入った私だったが、妊娠三十週を過ぎた頃、前置胎盤と診断された。それも、全前置胎盤《ぜんぜんちたいばん》という異常妊娠の中でも重症なケースだった。

私は幼少期よりずっと健康で、身体的な問題を抱えたことがなかったから、当初は楽観的に事態を捉《とら》えていたのだけれど。

予定日が近付くにつれ、何度も何度も出血を起こし、とうとう意識を失って緊急手術を余儀無くされた時には、もう何もかもが手遅れだった。帝王切開でも赤ちゃんは助からなかったし、大量出血によって脅かされた私の命を救うため、子宮全摘出が決断された。

意識を取り戻した時、私は産まれてくるはずだった新しい家族と子宮を失っていた。

出産に失敗してから半年後、蓮君の両親が会いに来た。

私の子宮は無くなってしまったけれど、卵巣は残っている。芸能記事の好きな義母らしく、昔の週刊誌なんかを片手に、代理母出産の話を熱心に語られた。

当事者である私がその手の調べ物をしていないはずがなく、聞かされる話は既知の情報を十分の一に薄めた程度のものだったのだが、それでも、私たち夫婦のことを真剣に考えてくれているのは嬉しかった。けれど……。

倫理的に私たちはその決断をしない。既に夫婦でそう決めていた。

費用面の問題はともかく、他人の身体を借りて子どもを作ることにはやはり抵抗があった。そこまでしなくても良い。これが与えられた人生ならば、あるがままを享受すれば良い。それが私と蓮君の最終的な結論だった。

蓮君が仕事に出掛けた後、一人きりのリビングで、ぼんやりと考えることがある。

子どもは欲しい。だけど、たとえば将来、私たちがもっと年を取った時に、養子縁組をするとか。多分、私たちの愛はそういう形でも十分に満たされるだろう。蓮君に話したことはなかったけれど、漠然とそんなことを思ったりもしていた。

新しい家族が必要だと、蓮君はそう言ったけれど。

「でも、今はまだ無理だよ。学資保険に回す予定だったお金で家のローンを組んだばかりだし、会社だって上手くいってないじゃない」

不景気の煽《あお》りを受けて、全社員の年俸が二割カットになったのは三ヶ月前の話だ。年度末に実行された大量のリストラに、経営者一族の蓮君は当然掛からなかったが、それでも給料の減額は相当に痛手だった。

「分かっている。でも、夏音が俺にアドバイスをくれたんだ。新しい家族は別に赤ちゃんじゃなくても良いだろって」

「どういう意味？」

「結婚記念日まで秘密にしたかったから言えなかったけど。俺が一軒家にこだわったのも、それが理由だ。ちょっと待っててくれ」

言うと、蓮君は玄関から出て行った。五分後、戻ってきた彼が抱えていたのは薄汚れたダンボール箱だった。雨にでも濡れ続けていたのか、よれて角が溶けかかっている。


「何なの？」

その時、鳴き声が聞こえた。

「これを結婚記念日のプレゼントにしようと思ったんだよ。昔、ずっと飼いたいって言っていたんだろ？」

私は夏音を見た。相変わらず背を向けて鍋を掻き回している。


私は小さい頃から生き物が大好きだった。哺《ほ》乳類《にゆうるい》も鳥も爬《は》虫類《ちゆうるい》も昆虫さえも。動くほとんどすべての生き物が好きだった。

夏音や兄の稜君は、私とは対照的に虫なんかには近付こうともしなかったが、それでも哺乳類は大丈夫なようだった。幼い頃、毎日のように私は犬か猫を飼いたいと親に懇願していた。けれど、生き物が大嫌いな母親が頑としてそれを許さなかった。

中学一年生の新人戦、テニス部だった私は、県大会を突破し、北信越大会で優勝した。三年生が引退していたとはいえ、一年生ペアの北信越大会優勝は異例だったし、当時、かなりの話題になった。

地方紙の一面にカラーで載り、私の活躍をいたく喜んだ父は、ご褒美として母を説得する役を買って出てくれた。私の父は養父であったのだけれど、スポーツが好きな私とはとても相性が良く、常日頃から猫くらい飼ってやれば良いじゃないかと、よく母親に言ってくれたりもしていたのだ。

中学一年生の秋、父の説得の甲斐もあり、とうとう私は生まれて初めて、生き物を飼うことを許された。犬は吠《ほ》えるから駄目だという母の一言で、私たち一家は猫を飼うことになった。父と二人でペットショップを十軒以上回り、私はロシアンブルーの子猫を買ってもらう。

長年温め続けてきた名前を、オッドアイのその子につけ、私は毎日、同じ布団で眠った。夏音や兄は怖がって寄り付こうともしなかったけれど、私は放課後もずっと、その子と過ごした。これ以上ないくらいに満ち足りた気分だった。

けれど、一週間後。夏音が呼吸不全で倒れ、緊急入院した。

夏音は猫アレルギーだったのだ。一週間、呼吸が止まりそうになるのを隠し続け、夏音は意識を失い倒れた。私を含め、家族は全員、その瞬間まで夏音の異変に気付きもしなかった。賢い夏音は一日で自分の症状に気付いていたが、隠し通していたのだ。

結局、夏音の退院を待たずに、その子は親戚のうちに預けられ、三ヶ月後にウィルス性の気管炎で死んでしまった。

その一連の事件が、私の感情にベールをかけてしまったことは間違いない。それ以来、私がペットを飼いたいと口にしたことはなかった。無意識のうちに、鍵を掛けてしまったのだろう。大人になるということは、きっと、そういうことの連続なのだと、誰に言われたわけでもないのに、そう納得してしまったのだ。

「すまないがね」

私たちに背を向けながら、夏音が言った。

「猫は勘弁してもらったよ。それぐらいは言わせてもらってもいいだろう？　こっちはあの時、死にかけているんだ」

不意に涙が零れ落ちた。

「おいおい、今度は君が犬アレルギーとでも言うんじゃないだろうな」

「馬鹿……」

浮気をされているのだと、そう確信していた。

刺してやる。そう思っていた。それなのに。

「ごめん。蓮君も、夏音も……私……」

「いや、多分冷静に考えると、謝ることないんじゃないか？」

　言いながら蓮君が私の頭を抱きしめた。

「明らかにそう誤解するように誘導されていただろ。無言電話だって、俺は止めさせたかったんだけど、気付けば言いくるめられるんだよな」

「失敬だな。絶望からの回帰は、カタルシスに足りただろう？」

「いや、お前が楽しみたかっただけだろ」

「ご明察だな」

　それを最後に告げて。夏音は私たちのやり取りにこれ以上興味が無いのだろう。零央を引っ張って自室に戻っていった。


「色々、夏音に調べてもらったんだ。ペットショップって結構、危険なのな。とくに量販店に併設されているような店は、環境が劣悪なところも多いんだ。で、ブリーダーから譲り受けるのが一番良いらしいって聞いてさ」

　私の頭を抱きしめながら、蓮君は照れたように言葉を続けた。

「犬種も迷った。何しろ、こいつは俺たちの子どもだからな。スマートで知性的な、なんかそういうのが良いなって思って。やっぱり室内犬の方が親近感もわくし、小型犬にしたくて。パピヨンが良いかなって」

それは子どもの頃、私がずっと親にねだっていた犬種だった。夏音がそれとなく誘導したのかもしれない。

「知ってたか？　雌の方が骨格が小さいのな。俺は娘が欲しかったたし、同じ小型犬でも、子犬の時の骨格で大人になった時の大きさが大体分かるんだよ。だから、雌で、なおかつ華奢な子を探した。ブリーダーを調べて、三日前から順番に回っていたんだ。何しろ俺たちの子どもだからな。簡単に決めるわけにはいかなかった」

蓮君が置いたダンボールの中から、かすかな鳴き声が聞こえた。

「二日間かけて、譲り受けるブリーダーを決めたんだけど。何しろ、俺はペットなんて飼ったことなかったし、お前も犬を飼うのは初めてだろ？　不安もあったし、相談したら、初期飼育の体験とか、しつけの講習会も開いてくれるって言われてさ。結婚記念日も迫っていたし、一気に履修するために、一昨日、昨日とホテルに泊まったんだ。朝一の講習を受講するには場所が遠すぎたしな」

蓮君は朝に強い方ではない。

「今日、前橋は雨が凄かったんだ」

そこで蓮君の声が曇った。それに気付き、私は顔を上げる。

「遠くまで行ったんだね」

「ああ。明日、受け取る手筈《てはず》になっていてさ。駅前で夕飯を食って、ホテルへ帰る途中だった。土砂降りにあって、俺、傘を持っていなかったから、路地に入って雨宿りしたんだ。そこでこいつと出会った」

蓮君はダンボールを開ける。

「もう何日も放っておかれたんだろうな」

がりがりに痩せて、くすんだ毛布に包まりながらその子は震えていた。

「パピヨンじゃないし、血統書なんかもないけど」

「うん」

「小型犬でもないし、雌でもないけど」

「うん」

「こいつが哀しい雨に濡れていたから」

「……うん」

「こいつがとても寂しそうに鳴いていたから」

私は迷いもせずに頷いた。

そういうところが、とても蓮君らしくて好きだった。

泣きながら私は、彼がとても好きだなと、そう思っていた。
新しい家族になるその子を、そっと抱きしめる。
震えるその子の身体からは、排気ガスが溶けた雨の匂いがしていた。

第四話

日の照りながら雨の降る

朽月　夏音

1

一年前の七月七日。私の双子の妹、朽月風夏《くちづきふうか》は、七月の花嫁になった。そしてその日、風夏は『楠木《くすのき》』という三つ目の苗字を手に入れた。

私と風夏がまだ四歳だった真冬の深夜。父が死んだ。

実働十三時間のハードワークを終え、疲れきった身体での帰宅を目前にして、父は飲酒運転の交通事故に巻き込まれたのだった。

幼い娘を二人抱えて、やもめになった母だったが、少なくとも金銭的な苦労をしていたという記憶はない。保険金と慰謝料で、私たち三人が暮らしていくのに十分なお金が入ってきたし、何より父の死から一年後、早くも母は再婚したからだ。

父の命を奪った凄惨《せいさん》な事故には、もう一人巻き込まれた被害者がいた。幸いその人物は一命を取り留めるのだが、その人物こそが『朽月』であり、後の私と風夏の養父である。

事故で連れを亡くした母と、片足に障害を負ってしまった父。そんな二人の間にどんな物語があり、どんな経緯を辿って愛を誓い合うまでの仲になったのか、私は知らない。けれど、暦が如月《きさらぎ》から弥生《やよい》へと移り変わった春のはじめ。五歳だった私と風夏の苗字は『相澤《あいざわ》』という平凡なものから、『朽月』という一風変わった苗字へと変わることになり、その再婚は私自身にとっても、大きな意味を持つことになった。

二人きりの姉妹だった私と風夏には、母の再婚によって、もう一人兄弟が出来る。

彼の名前は朽月稜《りょう》。

私の人生はつまり、一つ年上の血の繋がらない兄、稜君との物語であり、誰も知らない私たち二人だけの秘密の物語である。

2

私と妹の風夏は一卵性の双子であり、容姿は文字通り瓜二つだ。私と風夏を見分けることが出来たのは、幼少時、母親だけであった。私たちは性格も生き方も百八十度違う。風夏は理性より先に感情がくる女だし、私はどうやっても理性を感情で振り切ることが出来ない女だ。けれど、始めから私たちが似ても似つかない性格だったわけではない。

再婚当初、養父と稜君は、私と風夏の見分けを全くつけられなかった。風夏はそれが面白くて仕方がなかったようだが、私はその時、全く別の感情を抱いていた。稜君に名前を間違えられる度、胸がチリチリと痛んだ。稜君が私のことを自信なさげに「夏音《かのん》？」と呼ぶ度に、自分の存在を希薄なものに感じた。そして、稜君が私と風夏を見分けることを諦めようとした五歳の春の終わり、初めて切ないという感情の本質を知ったのだ。

私が笑わないようになったのは、風夏がよく笑う女だからで。私が理屈っぽい難解な言い回しを多用するのは、風夏が直線的な物言いしか出来ない女だからだ。つまりは新しい家族になった稜君に、朽月夏音を朽月夏音として認識してもらうために、私は変わることを決めたのだ。

喘息《ぜんそく》持ちで、生まれつき極端に身体の弱かった稜君は、二十歳まで生きられないだろうと、幼少の頃より医者に言われ続けてきた。

稜君を守ってあげたい。

もしかしたら、そんな気持ちがきっかけだったのかもしれない。幼い私は、気が付けば稜君を好きになっていた。短い時しか与えられなかったこの兄を愛している。私が最期の時まで傍にいる。

初めから外で遊ぶことが嫌いだったわけじゃない。ただ、身体の弱い稜君といつでも一緒にいたかった。友達といることが嫌いだったわけじゃない。ただ、どんな時も稜君といたかった。

私は風夏と違い、何一つ習い事をしなかった。塾に行くことも拒み続けた。稜君と家にいるのが好きだったからだ。クラスメイトの誕生会も、クリスマスパーティーも、初詣《はつもうで》も、関係なかった。ごくまれに風夏の姉というだけでそういう集いに呼ばれることがあったが、私は一度も参加しなかった。どんなに大勢の仲間に囲まれるパーティーより、稜君と一緒に膝《ひざ》を抱えて映画を観るのが好きだった。

ラジオの前に並んで座り込み、軽薄なヒットチャートに耳を澄ます。私が図書館で借りてきた本を稜君が読み、稜君が借りてきた本を私も読む。同じ空気を吸って、同じ時間を共有するのだ。それが何よりも大切なことだった。

稜君は身体が弱かったから、学校はずっと休みがちだった。入退院を繰り返してばかりで、ほとんど学校へ通えなかった年もある。中学校に到っては四分の一も出席していないだろう。小・中学校時代のほとんどを皆勤で通い続けた風夏とはまさに対照的だ。

私もまた学校を休むことは多かったけれど、風夏と同じ肉体を持つ私がそうそう病気になるはずがないだろうと言って、母親は私の欠席を簡単には許してくれなかった。体温計の温度を摩擦熱で誤魔化したり、新たに入手してきた偏頭痛という言葉で病状を取り繕ったり、色々と試行錯誤を繰り返してはみたが、母を騙すのは容易ではなかった。

私は表面上、学校が嫌いだという風を装い続けていた。本当は、ただ稜君とずっと家にいたいだけなのだと両親や風夏に気付かれるわけには絶対にいかなかったからだ。養父は昔堅気の人間だったし、母親は潔癖症《けっぺきしょう》だ。血が繋がっていないとはいえ、兄と妹の恋愛など、あの両親が許すはずがない。そんなことは既に十分過ぎるほど分かっていた。

父が枝豆をつまみにビールを飲みながら巨人を応援し、その横で風夏もまた野球中継に見入っている。それがうちの家の日常的な夕食の風景だった。竹を割ったようにさっぱりとした性格の養父と風夏は、稜君よりもずっと実の親子のようだったし、実際、父もまた風夏を可愛がっていた。

稜君が夕食時の野球中継に目をやることなど皆無だったし、私もフットボール以外のスポーツに興味は無い。

　毎晩、夕食を食べ終わると、私たち二人は逃げるようにリビングを去った。両親も風夏も、私たちと団欒《だんらん》の一時を過ごすことなど不可能であると理解していたから、邪魔をされることも、二人の関係を邪推されることも無かった。

　私と稜君は、どちらかの部屋で、いつも二人で一緒に夜を過ごした。映画を観る時はテレビのある稜君の部屋に、音楽を聴いたり読書をしたりして過ごす時は私の部屋が、二人の居場所だった。

　中学の入学祝いで、稜君の部屋にスカパーが入って。フットボールの試合を観たい時でも、リビングに出向く必要は無くなった。

　学校は休みがちだったけれど、勉強は嫌いではなく。そのための努力も苦ではなかった。未知の知識を取り入れることは楽しかったし、数式を紐解《ひもと》いていくことも、不思議と心地好いものだった。

　欠席分の課題を自宅で解く稜君を手伝うため、私は毎年、独学で一学年上の勉強をしていて。そんなこともあり、通っていた公立の中学での成績は常にトップだった。英語でも数学でも、学んでいる単元を俯瞰《ふかん》出来ることは、大きな強みとなる。

テスト前など、勉強の必要性に駆られた時だけ風夏が混じることもあったが、基本的に風夏は私たちとは別行動だった。風夏はもとより友達が多い。兄姉と必要以上に馴れ合う必要などなかったのだ。

風夏は読書もしなければ、映画も話題作しか観ない。私たちが心の何処かで卑下し軽蔑《けいべつ》する、いわゆる『大衆』みたいな場所に風夏はいる。根本的な生き方が、私たちとは決定的に違った。

私は家族の前で、絶対に己の感情を悟られないよう、細心の注意を払いながら生活していた。めずらしいぐらいに気の合う、特別仲が良い兄妹。その一線を越える言動だけは、絶対に見せないように生きてきた。

だけど、私たちの自制心がそういつまでも持つはずもなかった。私と稜君はいつだって一緒にいたのだ。そして家族になった時点で私たちは自我を持っていたから、自分たちが血の繋がらない兄妹だということをはっきりと自覚もしていた。

中学生になってしばらくしてから、私は気付いてしまった。私が稜君を好きになったタイミングと比べれば随分と遅くて、それは少しだけ悔しかったり、腹が立ったりもするのだけれど、稜君もまた、私を好きになっていたのだ。

お互いを想い合っていることなど、目を見れば分かる。思春期を迎えた異性が、一つ屋根の下で、毎日、同じ時間と空間を共有しているのだ。好きだという気持ちは空気を伝染する。稜君から発せられる優しさが、私にだけ特別なのだと気付いてしまう。愛している相手に想いが届く。その喜びを知った十四歳の私は、卒倒してしまうのではないかと思った。

だが、しかし。

私はずっとタイトロープの上で恋をしていたのだ。少なくとも私たちの家族の中では、この愛が許容される類のものではないことを、齢《よわい》一桁《けた》の頃から認識している。だから私は、危機的な状況が起こるより早く、それを回避する手段を選び取った。当時の風夏はあるクラスメイトに恋をしており、彼女は噂になりやすい女だったから、私もそれを聞き知っていた。その風夏の想い人に、私もまた横恋慕していることにしたのだ。

中学三年生だった稜君と、二年生の私と風夏。三人で期末テストの勉強をしていた時のことだ。私は機を見計らって二人に話し出した。出来うる限りの思いつめた表情を浮かべながら、私は好きな人がいること、どうして良いか分からず困っていることを二人に告げた。

その時の唖然《あぜん》とした二人の顔を、私は死ぬまで忘れないだろう。風夏は想い人が重なったことに驚きと動揺を隠し切れていなかったし、稜君は世界の終わりが来てしまったかのように目を見開き、私を見つめ続けた。

風夏が自分の気持ちを話してくれるかどうかは賭《か》けだったが、勝算はあった。風夏は隠し事を嫌うし、まして私に対してアドバンテージを感じているに違いなかったからだ。渦中の男子は風夏のクラスメイトで、私も一年生の時に同じクラスではあったのだが、社交性の点でも、クラスメイトや異性からの受けという点でも、普通に考えれば風夏が勝つに決まっている。

案の定、風夏は自分もその男が好きなのだと私に告げ、それから正々堂々勝負しようと言ってきた。

まったくもっておめでたい女だった。

もしも私が、風夏に稜君を好きだと告白されたとしたら、正々堂々なんて絶対に言えない。たとえ妹であったとしても関係無い。あらゆる手段を講じて恋敵を排除にかかることだろう。

それは、まあ、ともかく。

風夏の気持ちを聞き、それならば私は身を引くと、二人に告げた。もっともらしく、私は姉なのだからとか、風夏のライバルにはなりたくないのだとか、自分でもうんざりするぐらいにそれっぽい言葉を並べ立て、私はその恋の舞台から降りることを宣言した。

風夏は本当に好きなら諦めちゃ駄目だとか、馬鹿みたいに熱く語っていたのだけれど、そんなことはわざわざ誰かに諭されるまでもない。本当に好きな人を私は諦めない。そのためになら、どんな嘘だってつくのだ。

風夏は母親と、どんなことでも話し合う。だから、私の話は両親の耳にもすぐに入るだろうという計算があった。

朽月夏音が男を好きになる。自分で言うのも馬鹿馬鹿しいが、それは文字通りセンセーショナルなニュースだったことだろう。それまで私の言動に戸惑ってばかりで、まるで腫《は》れ物にでも触るかのように私を扱っていた母親が、数日後から妙に話しかけてくるようになったし、父親もまた、分かりやすいぐらいに優しくなった。

笑える話だ。父も母も、確実に失恋するのは私の方だと思い込んでいるのだ。まあ、何を思われていても、てんで構わない。要するに家族の中の誰にも、私と稜君がお互いを想い合っているという事実が露呈しなければ良いだけなのだ。

私は中学が終わるまで、そのまるで思い入れなどない男子を好きな振りを続けた。風夏は中二の冬にその男と付き合い始めたから、演技をする側の私としては好都合でもあった。

この一連の嘘が想いの外、上手くいったものだから、私は完全に味をしめる。以降も私は、隠れ蓑《みの》として、風夏の想い人を利用させてもらった。高校生の時、芹沢博《せりざわひろ》のことが好きだったんでしょと、風夏は私に告げたが、それもまた、中学生の時と同じ種類のブラフに過ぎなかった。演劇部の同級生、芹沢のことを風夏が好きだったから、私もまた好きな振りを風夏の前で見せ続けていただけなのだ。

私には嘘つきと言っていいのか、役者と言っていいのか、そのラインは微妙だが、とにかく上手く演技をする素質があった。もう、その頃には直接言葉に出して風夏に告げる必要は無かった。恋をする女の目や溜息を私は知っている。私の機微を含んだ言動に風夏は完全に騙されていた。

私たちの家族は、私の嘘一つで、平穏が保たれていた。

稜君は中学生時代の後半、ほとんど学校に通えず、それもあり、高校進学を諦めた。稜君が中学校に通えなくなったのは、元来の身体的な問題もあるが、根源をただせば私のせいでもあった。私が稜君以外の男に恋心を持っていること。稜君はそれを完全に信じきっていたし、とにかくショックだったようだ。食事も喉《のど》を通らず、微熱を出し続ける日々が続いた。私のせいだと分かっていたが、それを口に出すことは出来なかった。

日に日に元気がなくなる稜君が、本当に死んでしまうのではないかと思ったこともある。

五歳の幼い時分に愛を確信したその日から、私の中心を稜君が占めていたように、彼の中の歯車を動かす力もまた、いつの間にか私になっていたのだ。人を愛するということはそういうことなのだろうと思う。自分を突き動かす機械仕掛けの部分が、相手の存在に替わってしまうのだ。私の存在こそが、気付けば稜君の心臓に取って代わってしまっていた。

私は迷っていた。

この鋭い切っ先を描く想いをどうすれば良いのだろう。愛されたいという、とてもシンプルで、だけどとても強い、この想いをどうすれば良いのだろう。

稜君だけを想い続けて、あまりにも研ぎ澄まされてしまったこの熱情は、いつしか私の限界を超えていた。私を想うあまり、体調までも崩してしまった稜君と同様、愛されることが出来るはずなのに、それを選び取れない自分の存在が苦しかった。どれだけ呼吸をしてみても、雨上がりの澄んだ空気をどれだけ胸いっぱいに吸い込んでみても、胸のモヤは消えなくて。狂おしいまでに切なくて。何より、稜君の哀しい顔を見るのに、私はもう耐えられそうになかった。


許されない愛だとしても。

血を分け合った風夏にさえ、絶対に告げることの出来ない愛だとしても。

でも、もう、それでも……。

私は覚悟を決めた。稜君以外のすべての人間を、死ぬまで騙すことになってしまって構わない。風夏も、母も、優しい養父も。私を信頼してくれているすべての人を裏切ることになってしまっても構わない。稜君を愛してみせる。

中学三年生。とても寒い二月の冬の日。

私は仮病で学校を休み、その日、とうとう真実を稜君に告白した。たった十五歳の女が使う「愛している」という言葉はとても脆弱《ぜいじゃく》で。未来のことをどれだけ誓おうとも、あまりにも陳腐で、確証も保証も信頼さえも無いのだけれど、私は稜君のことを幸せにすると彼の前で誓った。

「稜君を愛している。稜君がもし、私を愛しているのなら、私を信じて欲しい。とても窮屈な恋愛になってしまうけど、それでも幸せにしてみせるから。嘘をつき続けることになってしまうだろうけど、稜君が私を信じてくれれば、絶対に幸せになれるから。だから、私と付き合って欲しい」

稜君は昨日までの私の言動の何処から何処までが嘘で、何処から何処までが本当なのか、いまいち理解出来ていないようで。何度も信じられないといったような素振りで目をパチクリさせていたのだけれど。でも、やっぱり私のことを好きだという気持ちは本当で。

嘘を謝罪する私に、

「一度失ったものの方が、より大切にしようと思うよ」

稜君は、そんな風に告げた。

私たちは本当に形だけの、上面を滑るだけの、そんな軽いキスだったのだけれど、それを交わして。一つ屋根の下、家族はおろか、あらゆる知人友人に秘密で、付き合うことにした。

私が十五歳、稜君は十六歳。

今から十一年前の真冬の話である。稜君が死んだのは、それから九年後のことだ。

もうすぐ二年が経つけれど、それでも私の心臓は時を刻むことを止めていない。

3

甘い時が流れた日々のことを多く語ろうとは思わない。

他の誰も触れない二人だけの秘密の国。そんな風にヒット曲のように言ってしまえば綺麗《きれい》だけど。私たちの秘密の国は誰も触れないのではなく、触らせるわけにはいかなかった国だ。それはすべてが終わってしまった今になっても、やはり少しだけ寂しいことだったんじゃないだろうかと思う。

稜君は高校に行かなかったけれど、ある専門学校の通信教育を受けていた。もとよりテレビドラマや映画が好きだった稜君は、脚本家になるのが夢で。そのための講座を受講していたのだ。

私が美波高校に入ったのは、うちからの距離が近かったからだ。美波高校は県下どころか、日本海側では最難関の私立高校だったが、少なくとも私の学力はボーダーラインを余裕で超えていた。

高校へ行くのはやめようかと、そんな風に思っていた時期もある。とくに二月のあの日、稜君と恋人同士になってからは、貴重な時間を学校などというものに割くことが非常に無駄な行為に思えてもいた。けれど、そんな私を説得したのは他ならぬ稜君だった。

高校へ行けなかった自分のかわりに通って欲しい。せっかくそんなに頭が良いんだから、ちゃんと勉強して欲しい。稜君のその願いが本心から出ているものだったから、私は高校へ行くことにした。

家族にさえ隠れて付き合わなければならないこんな私では、きっと人並みの幸せを稜君には提供出来ないから、せめて稜君が望むことだけはすべて叶えてあげたいと思っていた。

叶えてあげるとか、そういう『何かをしてあげる』という言い方は傲慢な気がして好きではないのだけれど。でも、やっぱり稜君が好きだから。稜君が私に望むことは何だってしてあげたかった。

当初は部活に入るつもりなどなかった。

放課後は一刻も早く家に帰りたかったし、稜君と関われないすべての時間は、十五歳の私にとって無駄だった。だけど、少なくとも稜君は、私より一年長く生きている分くらいには大人で。小さい頃から、二十歳までは生きられないと、早熟な厭世観《えんせいかん》を培うには十分過ぎるくらいの残酷な言葉をかけられ続けて育ってきたせいもあって。私にとって本当に幸せなことは何なのかを、ずっと考えていてくれた。

何回頼んでも、自作の脚本は見せてくれなかったくせに。

「演劇部に入りなよ。誘われたんだろ？　夏音が役者をやってるとこ、見てみたいし」とか、「僕が書く脚本でヒロインを演じてくれよ」とか。どこまで本音だったのか、それは今でも分からないのだけれど、稜君は私の世界を広げようとしてくれていた。

自分が死んだ後のことを考えていたのかもしれない。それとも単純に、親しい友人が一人もいない私のことを心配してくれていただけなのかもしれない。ただ、私が演劇部に入ったことで、稜君は私を通して部活動というものを疑似体験していたようだし、何より、私にも本当の意味での友達が出来たことを喜んでくれていた。

気乗りしないまま入部した演劇部だったが、そこでの経験は私を変えていった。

尊敬出来る同世代と巡り合い、外側の世界が持っていた魅力と、自分の浅はかさを同時に知った。初めて本音を話せる友人が出来て、高校生にしてようやく、社会というものに触れていくきっかけを手に入れる。私はあの演劇部が本当に大好きだった。

高校三年生になり、私と稜君はやっぱり内緒で交際を続けており、いや、実際は交際なんて呼ぶまでもなく、いつでも家では一緒だったというだけなのだけれど、とにかく順風満帆とまでは言えないまでも、幸せに暮らしていた。

私はJリーグだけでなく、プレミアリーグも好きだったから、深夜や早朝の時間帯でも、稜君の部屋で試合を観戦することが多々あった。そんなこともあり、私が普通に考えれば有り得ないような時間帯に稜君の部屋に居座っていても、家族の誰に咎《とが》められることもなかった。イギリスで行われるミッドウィークの試合は、早朝に決まっているのだが、彼らは時差計算などしない。

些《さ》細《さい》な口喧嘩は何度かしたし、最長で三日間お互いに口を利かないこともあった。けれど、いつだって概ね、私たちは平和な日々を送っていた。

物語に書き起こしたくなるようなロマンスも、二人の仲を引き裂くような一大事も、起きることはない。ただ平々凡々と過ぎてゆく普通の毎日。

青天の霹靂《へきれき》なんて無い。けれど、それで良いのだ。

私たちはそうやって普通に生きていた。

十八歳の八月。風鈴の音と私たち二人以外には誰もいない夏の午後。アイスキャンデーを舐《な》めながら、縁側に面した畳の上に寝転がり、子どもの頃の写真を二人で見ていた時のことだ。不意に死んだ私の父の話になった。

当時の事故のことや、加害者となった夫妻の家庭の話などを、私は稜君に聞かれるままに、深い思いなどまるで持たずに話していった。そんな中、事故を起こした相手夫妻の娘のことを稜君はやけに気にし始めた。年齢が近いこともあるのだろうが、両親に先立たれ、引き取り手が誰もいなかったというその娘のことを心配し始めたのだ。

家族と家を失い、孤独な生活を始めたはずの少女のことを稜君は想った。その娘の名は、小日向《おびなた》紗矢《さや》といった。

風夏は理屈ではなく、感情が先にくる女だ。

あれほど養父と仲が良いくせに、それでも実の父を殺した夫婦のことを許していない。もしも、その夫婦の娘が目の前に現れたら、感情を抑えきれずに引っ叩いてしまうだろうと、自分でも言っていたことがある。

私はといえば、正直、四歳の時に亡くなってしまった父に対する思慕の情はない。こんな言い方は本当に不謹慎であるのだが、実の父の死のおかげで稜君と出会えたのだから、私は父を死に追いやった交通事故を恨めしく思ったりはしない。若くしてやもめになった母には同情するし、死んでしまった実父を憐《あわ》れだとも思う。しかし、稜君と出会えたのだ。私の中を占める感情の源泉はシンプルで、それがすべてだ。

小日向紗矢という女の引き取り手が親戚筋から現れず、施設に預けられているらしいという話題が、いつか食卓にのぼった時。風夏は「ざまあみろ」と吐き捨て、両親の説教を小一時間ほどくらうことになったわけなのだが。要するに風夏は情が厚い女で。一方で、単純にその小日向紗矢という女が憐れだと思う私こそ、薄情な人間であった。

きっと、十八歳のあの二人きりだった夏に、死んだ父の話から、小日向紗矢の話になったのは単なる偶然なのだけれど。でも、少なくとも私や稜君にとっては、あの交通事故で人生を変えられてしまった小日向紗矢という女は、何だか他人のような気がしなかった。

幼少時に父を失った風夏と私。自分を産んだ時に母が命を落としてしまった稜君。

私たち三人は共に、実の親の死を知っている。だけど、片親に死なれたとはいえ、私たちには親がいて、再婚にも成功していて。いわゆる平均的な幸せな家族というものを享受している。けれど、小日向紗矢は施設で一人きりで。それが、どれくらい不幸なことなのかは推察に頼る以外ないし、もしかしたら、そんな瑣末《さまつ》な同情や憐れみのすべては、とても失礼なことなのかもしれないけれど。

十九歳の稜君が不意に、「連絡を取ってみなよ」と言い出して。そんなこと風夏や親に知られたら何を言われるか想像もつかないのだけれど、何となく意味のある行為のような気もして。私はその夏の終わりに、とても安易な気持ちで小日向紗矢に手紙を書いた。

小日向紗矢からの返事が届いたのは一ヶ月後のことだった。

もしも返事をくれるのであれば偽名を使って欲しいと頼んでいて、彼女はその指示に従ってくれていた。けれど、その偽名が『舞原《まいばら》』という、まあ、新潟では有名な苗字なのだけれど、当時、風夏を慕っていた演劇部の後輩と同じ苗字で。風夏が手紙をポストから取り出したものだから、少しだけ面倒なことにもなったのだけれど、とにかく私は返事を受け取った。

返事を書くまでに一ヶ月かかったということは、きっと彼女なりに思うところがあったのだろう。けれど、逃げずに返事を寄越した彼女は立派だったと思う。彼女自身には何の責任もないのに、申し訳ありませんでしたと、両親の事故に対する謝罪の言葉が羅列されていて。責めるつもりなんて少なくとも私にはなかったから、少しだけ罪悪感にも包まれた。

小日向紗矢の手紙には近況も書かれていて。私より一つ年下の彼女は高校には通わず、製紙工場で働いているとのことだった。彼女は幸せなのだろうか。分からないし、それを知る必要性もない。けれど、幸せであったなら良いなと思った。

手紙の返信をすぐに書くことはしなかったけれど。でも、どこかでずっと気にはしていて。それから、私たちは一年に一回くらいの頻度で、文通のようなことをするようになった。

高校を卒業して副長の会社に就職したこととか。まあ、そういう近況に変化があった時に私は小日向紗矢に手紙を書いたし、彼女もまた、仕事を変えたこととか、もうすぐ結婚するのだとか、そういうことを何度か手紙に書いて送ってきた。

一ヶ月前、久しぶりに受け取った彼女からの連絡は奇異だった。なぜか、かなりの額になる現金が同封されていて、罪滅ぼしだと手紙が添えられていたのだが、そんなことを言われても気が引ける。結局、結婚によって譲原《ゆずりはら》と姓を変えていた彼女からの最後の手紙の真意は分からないのだけれど。

それでも、十八の時から続く私たちの手紙のやり取りは、いつしか稜君に、ある一つのアイデアを思いつかせていたりもして。人生はどこで、何が、どんなきっかけを作るか分からないとも思うのだ。

4

高校三年生の冬休み。美波高校ではスキー合宿があるのだけれど、当然、三年生は推薦などで進路が決まっていない限り参加を許されることはない。

私は既に劇団の先輩が立ち上げた会社に就職を決めていて、同じく就職を決めていた演劇部の同級生たち数人とスキー合宿に参加した。私は演劇部以外に友達はいなかったけれど、少なくとも妹の恋する芹沢博とか、部には友達が何人かいた。

そのスキー合宿で泊まった宿には、ある東京の大学のサークルも宿泊していたのだが、そこで人生で初めてナンパというものを経験した。

その日は風が強く、時刻によってはゲレンデが吹雪に見舞われることも多かった。簡潔に言ってしまえば、私は吹雪に視界を奪われ、コースをはずれたその男を偶然見つけて、助け舟を差し向けたというだけなのだけれど。超初心者だったその男は、自分が遭難でもしかけたと本気で思っていて。本当に彼はちょっとコースをはずれただけなのだけれど、死ぬほど怖かったらしく。一方的吊《つ》り橋効果とでも言えば良いだろうか。命の恩人である私に一目惚れしていたのだった。

夜、私のことを探して歩き回っていたらしい彼とホテルのラウンジで再会し、一生のお願いだと言って、彼は私を無理やり食事に連れ出した。

私は稜君のことを部員に対してでさえ秘密にしていたし、どんな男子にもたいてい無愛想だった。だから、このお堅い私に積極的なアプローチを掛けてくる大学生が、皆の目には微笑ましく映ったのだろう。私を救ってくれるものは誰もおらず、私は彼と二人きりにされてしまった。その男こそ風夏の夫である楠木蓮《れん》である。

蓮は私のことを口説き落とすために、知っているだろうありとあらゆる修飾語を駆使し、私に対してアプローチの言葉を放ち続けたが、いかんせん私は稜君を愛していた。

とうとう蓮を御せなくなった私は、実は付き合っている人がいるのだということを彼に告げ、それでようやく蓮は私のことを諦めたようだった。ところが、あまりにも落胆の表情が酷く、本当に見ていられないぐらいに落ち込むものだから、私は不意に風夏の名前を出してしまった。

偶然と言えば良く出来た偶然なのだけれど、蓮の通う武蔵野《むさしの》大学は風夏の第一志望大学でもあった。正直、風夏の偏差値で合格出来るとは思っていなかったのだが、私は双子の妹がそちらの大学に来年入学するかもしれないと告げた。もちろん、そんなことで単純に楠木蓮が立ち直ったわけではない。けれど、それから私たちは、今後一切私を口説かないという条件付きでメールアドレスを交換して、別れたのだった。

そして、三月。

風夏がまさかの補欠合格を果たし、人生というのは本当に何がどう転ぶか分からないのだと思い知った。私は妹が四月から武蔵野大学に通うことを蓮にメールで報告し、二人は大学で出会った。

それからの六年の恋を実らせ、朽月風夏と楠木蓮は昨年、結婚した。

スキー合宿で私が蓮と出会っていたことはバレてしまったけれど、最初に蓮が私を口説き落とそうとしていたことは、もちろん今でも、そしてこれからも私と蓮だけの秘密だ。

5

私と稜君だけの物語に戻ろう。

高校を卒業してからの三年間、私は新潟の本社に勤務していたから、実家に住んでいた。

風夏は大学生になり家を出て行ってしまったから、広い家に、家族四人で暮らしていた。

二十二歳になった稜君の身体の調子はやはり芳しくなく、医者に言われていた二十歳まで生きられないという、その年齢は越えていたけれど、でも、やはりいつ風邪をこじらせて死んでしまうか分からない、そんな体調ではあった。入院することも多かった。

僕は長くないかもしれないな。そんなことを稜君がよく口にするようになったのもこの頃だ。そして、そんな哀しい言葉は、あながち冗談でもなかった。

残された時間を私たちはどう生きていけば良いのだろう。答えの存在しない疑問ほど、煩わしいものはない。どうすれば良いだろう。私はどうしたいんだろう。考え抜いた末に出た答えは一つだった。

稜君と結婚したい。

稜君の妻になりたい。

稜君だけのものになりたかった。

それは私が二十一歳の冬、師走のことで。

外は吹雪で、とびきり冷える真夜中の二時だった。

「結婚して欲しい」

あまりにも普通のプロポーズの言葉を告げた私に、稜君はとても哀しそうな顔を見せた。それから、いつかはそういうことを言われるかもしれないと思っていたと言った。

稜君は机の引き出しの奥から一枚の写真を取り出して、私に見せる。そこに写っていたのは若かりし頃の母と、養父の二人の姿だった。遊園地らしき場所で顔を寄せ合っている。恋人同士にしか見えない。

「日付、見てみて」

言われるまま、私は右下に刻まれたオレンジの文字に目を落とす。瞬時に頭の中で数式を並べ、はじかれたように稜君を見た。

「その日付、再婚の十二年前だろ。僕や夏音が生まれるよりも前に、父さんと母さんは出会っていたんだ」

二人が出会ったのは、実父の命を奪ったあの交通事故の時だと思い込んでいた。そんなこと誰に言われたわけでもないけど、あの事故で二人は引き合わされたのだと思っていた。

けれど……。

「夏音、真面目に話すよ」

稜君の瞳の中に、私が映っていた。

「小さい頃から、ずっと不思議に思ってたんだ。何で僕の実の母親の写真は一枚もないのかなって。僕の母は写真を嫌がる人だったから、一枚も撮らせてもらえなかったんだって、父さんはそうやって誤魔化すけど。でもさ、そんなこと本当にあると思う？　結婚式の写真もないんだよ」

稜君の母親の写真が見たい。一度だけ、小学生の頃、私は父にそう頼んだことがある。その時、父はこう答えた。再婚する時にすべて処分してしまったんだ。前妻の写真をいつまでも後生大事に抱えていたんじゃ、母さんに悪いだろと。なるほど、そういうものかと、私は簡単に納得してしまったのだけれど……。

「その写真を見つけたのは中学生の時なんだけどさ。父さんの書斎で、古い雑誌を眺めていた時、挟まっているのを偶然見つけて。その時に色んなことを考えたよ。はっきり言うけど、僕の本当の母親は、母さんなんじゃないかと思った」

稜君はとうとうその言葉を口にした。

「夏音、僕は母について本当のことは何も知らない。父さんに聞けば、本当のことを教えてくれたかもしれないけど、それを聞く勇気はなかったし、これから先も聞くつもりはない。でもね、やっぱり怖いんだ」

稜君の目に涙が浮かんだ。

「もう僕たちは成人した。子どもの頃ならいざ知らず、今なら僕たちが結婚したいと言っても、両親は反対しないかもしれない。でも、もし僕たちが本当の兄妹だったとしたらどうなる？」

答えられなかった。

「怖いんだ。僕は多分、夏音の半分も生きられない。もしも本当の兄妹だとしたら、どう考えたって結婚なんて許されない。反対されたとしたら、家を出て行く？　夏音が望むなら、僕はすべてを捨てても構わないと思っているよ。でもそれは、僕が夏音の最期まで傍にいられるのならばの話だ。残念だけど、こんな僕じゃ夏音を最期まで幸せにすることなんて出来ない。だから……」

稜君を強く抱きしめる。

「もう、いいよ」

稜君は泣いている。稜君の涙が私の髪を濡らしてゆく。

「今更こんなこと言って、ごめんな。でも、やっぱり何もかもを捨てるなんて駄目だ。僕たちは二人だけで生きているわけじゃない」

「……稜君、もう分かったよ。私は稜君の気持ちが分かるから。責めたりなんてしないから。だから、もう泣かないで」

私たちの血が繋がっているかなんて分からない。

そんなこと、普通に考えたら、あるはずがない。だけど一抹の不安がよぎるのだ。どうしても、その不安が拭《ぬぐ》いきれない。もちろん確かめるのは簡単だ。だけど私たちは結局、稜君の最期までそれを確認することはしなかった。

日の当たる場所で、二人で生きていく。それを諦めることになってしまっても。真実を知ることで、この愛を失うぐらいなら、『本当』なんていらない。家族を愛する権利も、最愛の人を真っ直ぐに想う資格も、どちらも失いたくはない。

幸せになるというのは、とても難しいことだ。

二十一歳の春。

東京支社への転勤が決まり、私は実家を出ることになった。

結婚は諦めていたけれど、残り少ないかもしれない二人の時間を共に過ごしたかった。その気持ちは稜君も同じで。転勤が決まった後、私たち二人は何度も相談し、それから決心を固めて、両親に自分たちの希望を打ち明けることにした。

テーブルの向こうに父と母が座り、私と稜君が隣同士に並ぶ。それから、稜君が決意を込めた眼差しで告げる。

「夏音と一緒に僕も東京へ行きたい」

もちろん、二人で暮らすためだとは言えない。だけど、稜君は適当に嘘をでっち上げることもしなかった。ただ、自分の希望だけを両親に伝え、あとは答えを待った。

とても長い沈黙があって。私はその時、本当は両親もすべてを理解しているのかもしれないと思った。

やがて、父は私と稜君の顔を交互に見つめて、

「一緒に暮らすのか？」

ポツリと漏らすような声でそう言った。

「そのつもり」

私はそれだけ答えた。

もう一度、長い沈黙があって。

両親は一度顔を見合わせ、それから、

「お前らは本当に仲が良いな」

呆れるように父がそう言った。

それから、稜君が通院する病院とか、医療費の心配なんかを両親は始めたのだけれど、私たち二人の関係については何も言われなかった。医療費にしても生活費にしても、そんなことは心配いらない。私は平均的な社会人の五倍は年収があったし、稜君が掛かり付けになれる病院もすぐに見つかった。

そして四月、私と稜君は新潟を出て、晴れて二人で暮らし始める。

籍を入れることも、稜君の妻になることも出来なかったけれど。それでも、幸せと

いうのはきっと、こういうことなのだと確信していた。

何の変哲もない、些細で、だけど繊細な日常。そこにあったのは、私たちが思い描いた幸せだった。

仲間とか家族に囲まれる。そんな温もりはないけれど。それでも、お互いがいる。お互いの存在だけが、生きている証になる。

二年後、稜君は二十五歳になったばかりの夏に肺炎で息を引き取って。結局、私は一人きりになったのだけれど。それでも、私の中で稜君は生き続けている。

私が呼吸を続ける限り、稜君は私の中で鼓動を打ち続ける。

6

忌引きを一週間もらっていたので、私は稜君の葬儀の後も何日か実家に滞在した。

家を出て行ってから二年が経ち、すっかりうちの空気も変わってしまっていたけれど、それでもそこは稜君と十五年以上の歳月を過ごした場所だ。彼の残り香を探しながら、私は実家で何日かを過ごした。

出社の日が近付き、東京の自宅へと帰ると、一通の封筒がポストに入っていた。

差出人は『メモリーズカプセルコーポレーション』となっている。聞いたことのない社名だ。自宅に仕事の郵便物が届くことはないから、私個人宛の手紙であることは間違いない。けれど、いったい何なのだろう。

部屋に入り、封を開く。中にはもう一通、手紙が入っていた。封筒を逆さまにすると、小さな一枚のメモ用紙が落ちてきた。簡潔な文面が記されている。

『朽月稜様より、朽月夏音様へのお手紙です』

稜君からの手紙？　封筒の中から出てきた手紙の表には私の名前、裏面には『朽月稜』の名が記されていた。

状況がよくつかめなかったが、私は丁寧に手紙の封を切った。中から現れたのは五枚の水色の便箋《びんせん》。そこに記されているのは、見紛うはずの無い稜君の文字だった。

『拝啓、朽月夏音様。お元気ですか？　この手紙が君に届いたということは、僕はきっと、もう死んでいるんだね』

稜君の筆圧の薄い、綺麗な字が並んでいる。

『何から話せば良いだろう。やっぱり、まずはこの手紙のことからかな。僕はね、ずっと考えていたんだ。先に死んでしまうだろう僕が君に出来ることは何だろうって。小学生の頃さ、タイムカプセルを作ったことがあったけど。あれと似ているかな。これは未来に向けて書かれた手紙なんだ。メモリーズカプセルコーポレーションっていう会社がやっているサービスでさ。未来の自分とか、将来の子どもとか孫なんかに日付を指定して手紙を出せるの。ネットで知って、あ、これだって思った。これなら、先に死んでしまう僕でも、夏音に言葉を残せるしね』

稜君の説明は続いた。

『看護師さんに頼んでおいたんだ。僕が死んだら、その会社に連絡を入れるようにって。この手紙が届いたその日に君がこれを読んでいるのだとしたら、今日は僕が死んでから一週間目だね。君は僕が死んで泣いたのかな。泣いている夏音は、でも、ちょっと想像出来ないな。愛されている自信はあるけど、でも、君が泣いてくれるかどうかは正直、分からない。……ま、その話はおいておいて。この手紙のことをもう少し説明するよ。僕は君に宛てて、手紙をずっと書き溜めていたんだ。だから、君に届くのはこの手紙だけじゃない。これは最初の手紙なんだ。一つのルールに従って、これから継続的に君に届くはずだよ。良かったらどんなルールで配達されているのか考えてみて』

私はこの一週間、自分がいつ死ぬのか。そんなことばかりを考えていた。稜君がいない、これからの人生をどうやって生きていけば良いのか。想像もつかなくて、途方にくれて、安易な言葉を使えば、絶望みたいなものに支配されていた。だけど、手紙の中の稜君は驚くくらいに、いつもの調子で。

息を引き取る直前の、稜君の最期の言葉を思い出した。

「また会おうね」

その時、私は稜君の言葉の本当の意味に気付いていなかったのだけれど。きっと、このことを言っていたのだ。

『今は僕が死んでまだ間もないから、きっと、次の恋愛のことなんて考えていないよね。それとも、もう誰か良い人が現れちゃったりしてんのかな。僕の葬式に格好良い人いた？　想像すると、ちょっと悔しいし、これ以上は止めとこう。僕からの手紙はこれからも、君に届いていくことになると思うんだけど。時間が経ってさ。君が僕のことを忘れる日だってやっぱり来ると思うんだよ。君に素敵な男が現れる日だって、やっぱり来ると思う。そんな時に、僕からの手紙がもし、負担になるようだったら、M・Cコーポレーションに連絡を取って欲しい。君への手紙が、いったい何通になるかは僕にも想像がつかない。けれど少なくとも、かなりの量になるとは思うんだよ。

僕が君を愛しているんだってことが、伝わらなきゃ意味がないし。君への愛と同じくらいの分量にはなると思うんだ。だけど君からの連絡がいったら、すぐに発送を止められるようにしておくから。もしも君が新しい人生を歩んでいきたいと思う日が来て、僕の存在が負担になる日が来たのなら、迷わずに手紙の停止を申請して欲しい。僕は君の足かせになるために手紙を書くわけじゃないんだから』

次の用紙に目を落とす。

『大体、連絡事項は書いたかな。後はこれから、僕が君に向けて伝えたいことをゆっくりと書いていくよ。幸い、今の僕にはまだ、時間が残されているようだし。夏音に伝えたいことは正直、山ほどあるしね。何から書こうかな。あ、今、ＦＭでＹＵＫＩの〈ビスケット〉が流れたよ。懐かしいな。夏音好きだったよね？』

稜君はいつ頃この手紙を計画し、メッセージを残す作業を始めたのだろう。

『ほら、歌詞にあるじゃない。〝私があなたを好きな理由、百個ぐらい正座してちゃんと言えるから〟って。正座はともかく、僕も百個ぐらいならあげられるよ。あ、今、嘘だって思ったでしょ。駄目だよ、いつもそうやって人のことを疑ってばかりじゃ。好きな人に好きだって伝える言葉は嘘なんかじゃないんだから。よし、証明してみよう。まずはね、そうだなー。どこが好きかなー。うん、やっぱり夏音は聡明《そうめい》なところが良いよね。あ、でも勘が冴《さ》え過ぎていて、たまに怖かったような記憶もあるんだよな。ってことは微妙か、これは』

ちょっと待て。何で一つ目の理由から否定が入るんだ？

『もうすぐ夏音が帰ってくる時間だから、続きは次の手紙にしよう。焦らなくても、まだまだ時間はあるし。それじゃあ。次に会う時まで元気で。死んだ人に元気でねって言われるのも変かな。まあ、いいや。変わり者なのは夏音も一緒だもんな』

何だか最後の方は、私を励ましているというより、喧嘩を売っているみたいな終わり方で。それがあまりにも、普段の稜君みたいで。死んでしまっていることなんて嘘みたいで。私は思わず笑ってしまった。

それから、私はその手紙を、多分百回ぐらいは読み返して。次の手紙を心待ちにしたのだった。

稜君からの二通目の手紙は九日後に届いた。

私を好きな理由を百個あげると言った癖に、二回目にしてその企画は頓挫《とんざ》してしまったらしく、と言うか、二回目の手紙には稜君の得意料理のレシピが克明に記されていたりして。まあ、そんなことのすべてが稜君らしいといえば稜君らしかった。

最後に、料理が苦手なところは嫌いだけど、僕が作った料理はいつでもとても美味しそうに食べてくれる、そんな夏音はとても好きだと、そんな言葉で手紙は結ばれていた。

三通目の手紙はそれから十一日後に届いた。そして四通目の手紙が、その十三日後に届き、私はようやく稜君が作ったルールに思い当たる。案の定、五通目の手紙は十五日後に届き、六通目は十七日後に届いた。

そして七通目の手紙で、稜君は自らが仕組んだデリバリールールの真意を私に告げた。

『僕はまだ、夏音を残して死んでいく覚悟がないよ。でもさ、これだけは言わなきゃいけない。この手紙を読んでいる君が生きているその時間に僕は存在していないし、そんな時間を、やっぱり夏音はこれからも生きていかなくてはいけない。僕は思い出になっていかなければならなくて、夏音は僕を思い出にしていかなければいけない』

稜君の手紙がいったい何通あるのか、私には分からない。それでも、稜君からの手紙が届き続けるのなら、私は生きていける。そう思っていた。だけど、稜君はゆっくりと時間をかけながら、自らを思い出にしようとしていたのだ。

私は他の誰かを好きになったりなんてしない。そう心の底から思っている今の私の気持ちには嘘も偽りもなくて。長い時間が経った後、今と同じ気持ちではいられないのかもしれないけれど、でも、それでも、やっぱり今は稜君のことしか考えられなくて。だから、忘れられようとしている稜君が恨めしかった。

だけど、稜君はやはり私のことを誰よりも理解していて。少しずつ遅れがちになる手紙ではあるのだけれど、それに反比例でもするように、手紙の枚数は増え、手を替え品を替え私を喜ばせようとしてくれていて。

内緒で私の寝顔を撮った写真だとか、こっそり撮ってもらっていた自分の写真なんかが時には同封されていて。稜君はあまり歌が上手ではないのだけれど、ギターが得意で。宅録でノイズ混じりではあるのだけれど、私が好きだと言っていたラブソングを、自らの弾き語りで勝手にベストテン形式にしたMP3データとか。あまりにも下手で、もう笑うしかないのだけれど、ほとんど冗談みたいな私の似顔絵とか。愛する人からの言葉でも、さすがに真っ直ぐ過ぎて、こっちが薄ら寒くなるような愛の詩とか。

『もう死んじゃってるから時効だし』なんて書きながら、開き直った稜君は私への愛を伝えるために、もう本当に子どもみたいに思いつくままに、やりたい放題で。でも、そんなことのすべてが、本当に愛おしかった。

十通目の手紙にはダイヤの指輪が同封されていた。学生だった頃、どうしてダイヤは炭素なのに絶縁体なんだろう、と私が呟いたのを覚えていてくれたのだ。そんな風に、あまりにも色々と工夫をしてくれるものだから、私は手紙が毎回、楽しみで。他の男のことを考える心の隙間《すきま》なんて有りはしなかった。

稜君の死から一年が経とうとしていた頃、風夏が蓮と結婚して。

私は二人の結婚式で、初めて人前で涙を流した。

稜君からもらった指輪を、右手の薬指にはめていたのだけれど。披露宴で新郎の最後の言葉を聞いている時、あまりにも無防備に風夏が微笑んでいるものだから、私は自分でも気付かぬまま泣いてしまっていた。

あんたが泣いているところなんて初めて見たと、横で母親に言われて、私は自分が泣いていることにようやく気付き、父が差し出してくれたハンカチで目元を拭った。

今になり、私はあの時の自分の涙の理由がはっきりと分かる。私は、風夏のことが心底、うらやましかったのだ。私だって花嫁になってみたかった。稜君の横でウェディングドレスを着てみたかった。みんなに祝福されたり、永遠を嘘じゃなく、本気で信じながら誓ってみたりしたかった。

人にはそれぞれ、手に入れることの出来る幸せと、思い描くしかない幸せがある。私は誰かと比べて自分が幸せだとか、誰かと比べて自分が不幸だとか、そういう尺度で自分の立ち位置をはかったことは無い。だけど、風夏だけは私と一つの命を分け合った女だから。彼女が幸せになれたのと同じだけ、私も幸せになれるはずだと、そんな風に信じてみたくて。きっと、私はあんなにも素直に泣いてしまったのだと思う。

7

風夏と蓮、それに後輩の零央《れお》。彼ら三人が帰った後、私は振る舞った夕食の食器を片付け、部屋を出た。

明日は七夕だが、予報は生憎の雨だった。もっとも、どのみちこんな都心では、街の明かりが強すぎて星なんか見えない。織姫も彦星も私の人生には関係なかった。

スキー合宿での出会いがバレたことや、蓮が捨て犬を拾ってきたことなど、幾つか想定外の出来事もあったが、概ね予想の通りにことは進んだ。出産にまつわるトラブルのせいで、あの二人はこれからも幾つかの問題を抱え続けていくだろう。それでも私に力になれることがあるのであれば、今後もそうしたいと思っている。

風夏たち夫婦に想いを馳《は》せながら、エレベーターで一階へと降りる。

今日は稜君から二十四通目の手紙が届く日だ。

今回の手紙には、一体どんなアイデアが詰まっているのだろう。

ポストを開けて、私は軽い貧血のような目眩《めまい》に襲われた。

稜君がいったい何通の手紙を用意したのかは分からないけれど。それが、いつか必ず途絶えてしまうということは理解しているつもりだった。年を重ねていって、いつか終わりは訪れるだろうと、覚悟も決めていた。だけど、まさか、こんなに早く途絶えてしまうなんて夢にも思っていなかった。

覗いたポストに二十四通目の手紙は届いておらず、その空っぽの空間は、私と稜君の恋が今度こそ本当に終わってしまったことを告げていた。

情けなくなるほどに、あっけない結末だった。

稜君の死の間際、私は病室に付きっきりだったし、彼が遺言めいた手紙を残すチャンスなんてなかったのかもしれない。『これで最後だよ』とか、ピリオドを示す言葉を残すということは、自分の死を受け入れることに他ならないし、別れの言葉が残っていなかったのだとしても、考えてみれば不思議なことではない。だけど、幾らなんでも早過ぎると思った。

まだ、稜君が死んでから、二年も経っていないのだ。

稜君は東京に出てからも、何度かシナリオの公募に応募していたのだけれど。結局、その夢は叶うこともなかったし、生前、私は彼の脚本をほとんど見せてもらえなかった。

しかし、最近の手紙に同封されたフラッシュメモリには、稜君の自作の脚本データが分割で収められていて。ようやく目にすることを許された彼の物語に、私は夢中になっていた。そこに登場するキャラクターたちに自分を重ね、胸を躍らせながら楽しんでいたのに……。

このままじゃ尻切れトンボだよ。

続きを教えてよ。こんな終わり方はずる過ぎるよ。

どれだけ稜君を責めても、私の想いなど届くはずもなくて。

無情にも夜は明け、私は愛する人を失う痛みを、二度も経験したのだった。

私には大切な人が数人しかいない。でも少ないからこそ、その人たちのことを本当に大切にしたいと願っている。風夏は認めないと思うが、きっと彼女よりも私の方が双子の姉妹のことを大切に思っているし、頼りにしているだろう。

8

七月十三日、その日は稜君の二回目の命日だった。

私は有給休暇を取っていて。午前の新幹線で実家に戻り、稜君の墓参りに行く予定を組んでいた。東京に住んで以来、正月もお盆もほとんど里帰りしていないのだけれど、稜君の命日だけは昨年も休みを取って帰省していた。

稜君以外の誰のことも考えたくなかったから、起床と同時に携帯電話の電源を落とした。これで世界は私と彼だけのものになる。

十時台の上越新幹線に乗り込み、十二時過ぎには新潟市に着いた。朝から降り続く雨は新潟でも変わらない。稜君の墓へ向かう前に、中央区にある実家に一度立ち寄ることにする。

帰省することは両親にも告げていたので、駅に着いたら迎えに行くから電話をしなさいと言われていたのだが、正直そんなやり取りも面倒臭く、私は手早くタクシーに飛び乗った。

　実家に着くと、私の一人での帰宅を既に予想していたらしく、温かい昼食を用意して両親が待っていた。相変わらず人の言うことを聞かない子だねと軽く愚痴られながらも、私は母の用意してくれたお昼を食べた。


　午後一時過ぎ。私は縁側で父と並んで座っていた。

　枝豆とビールを片手に父が胡坐《あぐら》をかき、私はその横で庭を眺める。父はガーデニングが趣味で、手入れの行き届いた庭を昔から自慢にしていた。

「お父さんに返そうと思う物があるんだけど」

　私は手にしていた手帳から一枚の写真を取り出し、父に手渡す。稜君にプロポーズした日、彼が私に見せてくれた、両親が二人で写っているあの写真だった。

　写真を見て父の顔が一瞬でほころぶ。その反応は正直、予想外だった。

「これはどこで？　処分したと思っていたんだが……」

「稜君の雑誌を整理していた時に挟まっていて」

　一つ嘘をついた。

「そうか。まずいもん見られちまったな」

言葉とは裏腹に、にやけながら父は顎《あご》を掻いた。

「それ、お父さんとお母さんでしょ？」

「二十歳の頃か。大学生の時の写真だな」

「二人は、あの事故で出会ったわけじゃなかったんだね」

父はビールを注ぎ、私に渡す。

「付き合っていたんだよ。学生時代」

やはり私たちの心配は杞憂《きゆう》ではなく、現実なのだろうか。私と稜君は実の兄妹？

「別に隠すつもりはなかったんだが。何となく言いづらくてな。この写真を持っていたってことは、稜も知っていたのか？」

「多分ね」

父に渡されたビールを飲み干す。これで墓参りにはタクシーを使わざるを得なくなったが、まあ、構わない。

「一つ聞きたいんだけど、私と稜君って、本当は血の繋がった実の兄妹だった？」

とうとう聞いてしまった。私と稜君の真実。

しばしの沈黙があって。

私は死後の世界なんて信じていないけれど、それはまるで天国と地獄の判決を言い渡されるみたいな心持ちで。だけど、私の心境などまるで気付かぬまま、父は一度軽く笑った。

「がっかりさせて悪いが、さすがにそれはドラマの見過ぎだ。お前らは本当に仲が良かったからな。そう願う気持ちも分からないわけじゃないが。稜の母は俺の前妻だ」

その言葉は色々な事実を明らかにした。私と稜君の間に血の繋がりなんて無かった。嬉しい気持ちと、少しだけ寂しい気持ちが胸に去来する。そして少なくとも父は、私と稜君が恋人同士だったなんて夢にも思っていなかった。

「稜も、お前を実の妹じゃないかと、そう思っていたのか？」

「多分。何でお母さんの写真が一枚もないんだろうって言っていたことがあったから」

「情けない話なんで黙っていたんだけどな。そんなことなら、話しとけば良かったかな。いや、お前を実の妹だと思いながら死んだのなら、むしろ、稜には幸せだったのか」

「さあ、私は稜君じゃないから分からないけど」

「そりゃ、そうだ」

私は父の空のグラスにビールを注いだ。

父はそれを半分ほど飲んでから話し出す。

「前の妻とは結婚して二年で離婚することになったんだ。だけど、離婚を決めてすぐに稜を妊娠したことが分かってな。前妻は絶対に産むと言うし、でも離婚も間違いなくすると言うし。男っていうのは弱いな。俺はもうほとんど言われるがままで。結局、保険やなんかの問題もあったし、出産が無事に終わるまでは届けを出すのを待つってことになってな。まあ、十分に時間が有ったから、その時に写真やらなんやらは全部処分されちまったんだが。とにかく、そんなことがあってだ。あとは、お前も分かると思うが、稜の出産であいつは逝っちまってな。結局、稜は俺が引き取ったんだよ。向こうの親は半狂乱で。俺と子どもがあいつを殺したとか、もう、それは凄まじい罵《ば》詈雑言《りぞうごん》だよ。そんなこともあって、前妻の実家とはそれ以降、何の付き合いもないってわけだ」

父が自分の話をこんなにも長く私に語るのは初めてのことだった。風夏には、こんな話もしたことがあるのだろうか。

「お母さんとは？」

「大学を卒業する時に別れて、それっきりだった。結婚したらしいって話も、子ども、そう双子だ、お前らが生まれたって話も噂で耳にはしていたが、卒業以来会ったことは無かった」

「じゃあ、あの事故で？」

「ああ、本当に偶然の再会だったんだ。お前の父親はあの事故で亡くなっているわけだから、こんな言い方は不謹慎だがな。運命みたいなものが結びつけてくれたんだと思っているよ。可愛い娘も出来たしな。まあ、正直、一人は訳が分からなかったが」

そう言いながら父は小さく苦笑した。

「もっと早く、話してくれたら良かったのに……」

「そうだな。稜があんなに早く逝っちまうんなら、話しときゃ良かったかもな」

私の本当の気持ちを父は知らない。そして私がそれを語ることも無い。これまでも、今も、そして、これからも。ただ、少しだけ胸のつかえが取れたような気がしていた。

本当に許されない恋だったわけじゃない。私と稜君が想い合ったことは罪じゃない。

それから。

稜君が好きだったアガパンサスの花を庭から摘む。花言葉が『知的な装い』だったから、生前、稜君は私にぴったりだと言って気に入っていて。何となくそんなことを思い出していたら、稜君に今年も咲いた花を見せたくなったのだ。

タクシーを使って、一人、稜君の墓参りへと向かった。

墓参りなんて言っても、私は仏教徒ではないから、ただ単純にお墓を掃除するだけだ。だけど、そんなことも午前中にお墓を訪れた両親が既に終えてしまっているらしく、本当にやることが無かった。

朽月稜と記された、兄であり、恋人でもあった稜君の墓前に立つ。まだ小雨は続いており、供えた花もすぐに濡れていったのだけれど、私は「ありがとう」という稜君の声を聞いたような気がした。


祈るように想っていた。


稜君。

私は二十三通の愛に溢れた手紙を受け取ったよ。どれもきっと百回以上読んでいると思う。もう、稜君が死んで二年になるんだね。でも、手紙のせいなのかな。やっぱり、今でも稜君が死んじゃったんだってことは、上手く理解出来ていないような気がするよ。

仕事も忙しいよ。忙し過ぎて、センチメンタルになる暇もあまりないくらい。

稜君が書いてくれたレシピを見ながら、時々だけど、料理もするようになったよ。

この前、風夏に食べてもらったんだけど、不評だった。稜君のレシピのせいだね。また、馬鹿にされちゃった。

そうそう、風夏といえば子どもが出来たんだ。ちょっと毛深くて、馬鹿なところもあるけど、でも、可愛らしい男の子。稜君にも見せてあげたいよ。


ねえ、やっぱり、稜君の手紙はもう終わりなのかな？

郵便の事故とか、私は色々な可能性を考えたけど。答えを知るのが怖くて、やっぱり教えてもらった会社には電話出来なかったよ。それを聞いてしまったら、もう、今度こそ本当に稜君とお別れになってしまう気がするんだ。

だから、もう少しだけ信じてみても良いかな？

あとちょっとだけなら、君のことを待っていても許されるかな？

最後の一通で構わないから、私は稜君の言葉が欲しいよ。

それが別れの言葉でも構わないから、この祈りが君に届きますように。

ねえ、稜君。今日、お父さんに聞いたんだけど、私たち血の繋がりなんて無かったんだって。もし、そのことを知っていたら、私たちは何か変わっていたのかな。稜君は何度言っても、私と結婚してくれなかったよね。

でも、きっとね……。血が繋がっていないって、それを知っていたとしても、やっぱり稜君の答えは変わらなかったんじゃないかなって思うよ。稜君は私と結婚してくれなかったけど、今になって思うのは、やっぱりこれで良かったんだってこと。何もかもを捨てたりしちゃ駄目だって、稜君はそう言っていたよね。今、心からそう思うんだ。私は一人が好きだけど、でも、やっぱり一人きりでこの世界を生きていくのは怖いよ。風夏と両親と。もしも見捨てられたとしたら、こんな世界を生きていくのは辛過ぎる。稜君はそういうことを全部分かってくれていたんだよね。

ありがとう。いつも、私のことを一番に考えていてくれたね。

稜君といた毎日は幸せだったよ。

そして、今も、幸せなんだ。

きっと、明日も幸せだと思う。

だから、私はもう行くね。稜君がいないこの世界だけど、最期まで生きていこうと思うよ。きっと、それで良いんだよね。

私は今年の想いを告げて、稜君の墓前を後にする。

雲間から光が差し込んでいて。傘を閉じると、小雨に濡れながら、太陽の光を浴びてみた。目を閉じて感じる雨は温かくて、懐かしいような温もりを運んでくれる。

「夏音先輩」

不意に名前を呼ばれて。

目を開けると、そこには舞原零央が立っていた。

怯えるような眼差しで私を見つめる彼の左手には、白い菊の花が握られている。

「どうして、ここに君が……」

「朝、先輩の携帯に電話したんすけど繋がらなくて。風夏先輩に聞いたら、お兄さんの命日だから、多分、実家に帰っているって言われて。俺も本家に顔を出さなきゃいけない用事があったんで、ついでに先輩の実家に寄ったんです」

「君の事情に興味はない。私に何の用だ？」

今日は稜君の命日なのだ。

今、世界には私と稜君以外必要ない。

異分子たる後輩を睨みつけると……。

「あの、すいませんでした！」

勢いよく零央は頭を下げた。四十五度の最敬礼。

意味が分からない。

「風夏先輩に楠木さんの浮気調査をお願いされた時、俺、ポストからこれを勝手に持ち出していて。ずっと、風夏先輩にも早く返せって言われてたんすけど。ちょっと依頼で忙しくて……」

零央がパーカーのポケットから取り出したのは、見慣れた手紙で。

百万回の命よりも大切だなんて言ってしまえば大袈裟だけど、でも、それは、そういう過剰な表現が頭に浮かぶくらいには大切な物で。

『一度失ったものの方が、より大切にしようと思うよ』

いつかの稜君の声が聞こえたような気がした。

私は零央の手から手紙を受け取って。

封を切って中を覗くと、三枚の水色の便箋と、フラッシュメモリが入っていた。

いつもと変わらない。何の変哲もない、稜君からの手紙がそこにはあった。

「あの……先輩？」

後輩の戸惑う声が聞こえたが、それには答えず、目を閉じて天を仰いだ。

「あの、もしかして泣いていますか？」


そうか。祈りは天に届いたのだ。

そう思っていた。

まだ、終わってなどいなかった。

この愛はまだ、続いてゆくことを許されていた。

私は光に照らされた優しい雨を浴びながら。

願わくは命尽きるまで、この恋が続くことだけを祈った。

第五話

君の隣なら雨宿り

舞原　零央

後篇

1

四つ年上のいとこ、舞原吐季《まいばらとき》さんが財団の役員に承認され、週末、本家で祝宴の席が設けられた。父親から半年ぶりの連絡が入り、強制的に帰省させられる。

「随分と寂しくなったね。昔はもっと賑やかだったのに」

仕出しを前に、隣の席に着いていた七虹《なな》さんが呟いた。

親父は七人兄弟だったから、こんな風に一族で集まるのも昔は同窓会みたいで楽しかった。だけどもう、陽凪乃《ひなの》も雪蛍《ゆきほ》さんも星乃叶《ほのか》さんもここにはいない。都合が悪くなった人間から切り捨てて。そんな風にして集まった宴会に、何の意味があると言うのだろう。

兄の息子である吐季さんを、親父は小さい頃から可愛がっていて。子どもの頃は俺もよく遊んでもらっていた。だが、理由は知らないけれど、高校生の時に吐季さんは実の親である現頭首に勘当され、一族の中では俺と同様にはぐれ者だった。その吐季さんが、舞原本家にもう一度認められた。

もう何年も喋っていなかったし、祝宴の席でも結局、一言も言葉を交わすことはなかったのだけれど。吐季さんの復帰は何だかやけにショックだった。免罪符というとニュアンスは少し異なってしまうかもしれないが、吐季さんは俺にとって、奔放に生きるための言い訳みたいな存在だったからだ。その彼が社会復帰を果たし、本家にも認められた。

もう、いつまでも学生みたいなことばかりやってはいられないのかもしれない。不意にそんな気がした。

二日ぶりの帰宅は憂鬱だった。

昨晩の酒が抜けきっていない上に、葛藤《かっとう》による憔悴も激しい。加えて、失恋の痛手もあった。風夏《ふうか》先輩に再度、振られたのは一週間前のことだ。

高校を卒業して以来、何人かの女と付き合ってはきた。風夏先輩に恋愛の相談を持ちかけるなんて日常茶飯事だったし、先輩自身に対する恋愛感情は既に消滅したのだと思っていた。けれど、心のどこかではずっと引きずっていたのだろう。楠木《くすのき》さんが浮気しているかもしれないと知った時、俺の感情は再度覚醒《かくせい》し、抑え切れんばかりに膨らんでしまった。

風夏先輩よりも素敵な女は幾らでもいるだろう。だけど、相性みたいなものを考えた時、先輩よりも自分に合う人間なんてこの世にいるんだろうか。

叶わなかった恋は、いつまでも心に甘い傷痕のように残り続ける。


「お帰りなさい。ここのところずっと出掛けてますね」

アパートの階段を上ると、朱利《しゅり》先輩の部屋の窓が開いており、紗矢《さや》が声をかけてきた。キッチンの天井に伸ばした物干し竿《ざお》に洗濯物をかけているところだった。

外は小雨が降り続いている。ここ一週間くらいは太陽がなかなか顔を覗かせない。

「顔色悪いですよ。大丈夫ですか？」

「ちょっと二日酔いで」

「大変ですね、探偵さんも」

時刻は午前十一時前。エプロンをかけ洗濯にいそしむ紗矢は、既に薄く化粧をしているようだった。こうして見ていると、彼女はもう、ほとんど奥さんのように見える。

窓辺には真っ白な百合の花が飾られていて。朱利先輩が今、一人暮らしではないのだと、否が応でも実感させられる。

何だか物凄く複雑な気分だった。一ヶ月前まで、朱利先輩には彼女なんていなかったはずだ。それなのに、気が付いたら自分の元クラスメイトが妻同然みたいな顔をして暮らしているのだ。

大人になった紗矢は立ち居振る舞いに品があって、ともすれば見惚《みと》れてしまいそうになる。

「スイカありがとうございました。美味しかったです。ご実家、農家なんですか？」

その質問は新鮮だった。新潟では周りの人間が、『舞原家』の実態を知らないなんてことは、ほとんど有り得ないのだけれど。どうやら彼女はそういう事情に明るくないらしい。

「美味しいスイカが出たって聞いて、深く考えもせずに送ってきたんだよ。母親が親馬鹿なんだ。普通、一人暮らしの息子の家に三箱もスイカを送ってこないでしょ」

俺の言葉に本当に楽しそうに紗矢は笑った。

「零央《れお》君って面白いですよね」

何が面白いのかは分からなかったけれど、こんなに綺麗な子に微笑まれると、それだけで不思議と居たたまれない気持ちになってしまう。

部屋に戻ると、歯だけ磨き、すぐにベッドに潜り込む。二日酔いの気持ち悪さも手伝って、すぐに意識は眠りの中へと引き込まれていった。

口の中に渇きを覚え、目を覚ますと、時刻は一時半を回っていた。最近、眠りが浅い。不眠症の人間は鬱病になりやすいみたいな話を聞いたことがあったような気がするのだが、それと眠りが浅いことに関係性があるのかは分からなかった。

シャワーを浴び、頭を回転させる。当座のところ、仕事は一件も無い。平日ということもあるが、元より友達も少ない。やることがねえな。びっくりするぐらいに孤独だ。そんなことを思っていたら、誰かが玄関をノックした。

宗教の勧誘か何かだろうか。覗き穴から確認すると、紗矢が立っていた。

扉を開ける。何の用だろう。

「もうお昼は食べましたか？」

「いや。ずっと寝てたんだ」

「ごめんなさい。起こしちゃいましたか？　ジェノベーゼを作ったんですけど、一緒にどうかなと思いまして。出来立てです」

紗矢の持っている器の上には、湯気の立つ美味しそうなパスタがのっていた。

「一人ではつまらないですし」

「今日は、パートはないの？」

「はい、二連休です。ずっと、週六以上で働いてたので、ちょっとは休みなさいって」

「そっか。じゃあ、お言葉に甘えてもいいかな。どこで食べる？」

「迷惑でなければ、お邪魔しても良いですか？」

部屋を振り返る。本や雑誌、ＣＤなどが多少散乱しているが、そんなに汚れているというわけでもない。

「うん。じゃあ、どうぞ」

「ありがとうございます」

照れたようにそう言って、紗矢は部屋に上がってきた。


紗矢は飲み物も用意してくれていて、俺はコップを出すだけで良かった。風夏先輩も料理は上手な方だと思うのだが、紗矢の腕はそれ以上かもしれなかった。

「朱利先輩とは、いつから同棲しているの？」

紗矢は少しだけ困ったような表情を見せた。無神経なことを聞いてしまっただろうか。俺はいつもながらの自分の軽率な言葉を後悔する。

「同棲じゃないですよ。居候です」

「それって、どう違うわけ？」

「同棲って恋人同士がするものですよね。付き合ってるわけじゃないですし」

どういうことだ？　訳が分からなかった。

「え、でも、だって……。え、じゃあ、兄妹？」

「私には身寄りがないんです。両親は小さい頃に死んでますし、親戚もいませんから」

「そっか……」

状況は上手く把握出来なかったが、そこまでで止めておくことにした。大抵の場合、言葉が過ぎて相手を怒らせてしまうのだ。紗矢には嫌われたくない。料理を作ってきてくれるぐらいなのだ。少なくとも、現段階ではまだ嫌われていないはずだ。


「あの、本棚を見ても良いですか？」

食事を終えると、紗矢はそう尋ねてきた。

「どうぞ。読みたいのがあったら、持っていって良いよ。そこのベッドの脇に置いてある奴だけ、借り物だから困るけど」

ベッドの脇には、楠木さんから借りた洋書のリンドグレーンが山積みになっていた。

俺の言葉に嬉しそうに紗矢は立ち上がり、書棚を順番に眺めていく。三列ある大きな本棚が四つ、奥の部屋を埋めている。

「今もミステリー、好きなんですね」

「それで探偵になったみたいなものだし。なんか借りてく？」

「んー、借りていきたいですけど。こっちの本棚にあるミステリーはすべて既読です」

「そっか、期待させたのに悪かったね」

「いえ、そんなことないですよ」

慌てて紗矢が首を振った。

「借りられる本がないことよりも、同じ物を好きなんだって、そのことの方がよっぽど嬉しくて、幸せですから」

そう言った彼女は微笑みながら俺を見つめていた。

一瞬、彼女の瞳の中に憂いにも似た何かが見えた気がしたが、次の瞬間には紗矢はもう隣の本棚に目を移していた。


紗矢が帰り、ベッドに横になって天井を見つめていた。

「付き合ってないよ……か。じゃあ、何なんだってんだ」

枕を壁に投げつける。気が付くと紗矢のことを思い出してしまう。昼間のやり取り以来、彼女のことで頭がいっぱいだった。だけど、今の紗矢のことはよく知らないから、どうしても中学生の頃の記憶ばかりが蘇《よみがえ》ってしまう。

子どもの頃、ずっと人が嫌いだった。誰かと仲良くするなんて、この世の中で最も気持ちの悪いことの一つだと信じていた。読書が趣味になるのは必然だった。友達なんて一人もいなかったのだから。

そんな俺を見ていられなかったのだろう。二つ年上の姉、紅乃香《このか》は小さい頃から俺を心配して、何かと連れまわした。友達と遊ぶ時は極力、家に連れてくるようにして、その輪の中に混ぜようとした。だが、俺は常に攻撃的だったし、姉の友人に対してであっても遠慮など知らなかった。ブスにはブスとはっきり言ってやったし、太っている女には気持ちが悪いから近寄るなと言葉で棘《とげ》を突き刺した。

何度、姉を泣かせたか分からない。

姉はただ、友達のいない俺を心配していただけだったのに。俺にとってはそういう同情みたいな救いを差し伸べられることが、たまらなく辛かったのだ。根拠もなくプライドだけが高かった。同情で優しくされるぐらいなら、死んだほうがマシだった。

高校生になるまで、のぼせ上がったプライドが打ち壊されることはなかった。

俺は顔が良くて、スタイルも良い。運動神経はそんなに良くなかったけれど、本気を出していないだけだと信じていた。大して努力なんてしなくても、勉強は常にトップクラスだった。優秀な家庭教師のおかげだなんて気付きもしなかった。

舞原は美波高校の理事に一枚嚙んでいる。俺の成績で一般入試を突破するのは厳しかったが、推薦で問題なく合格した。暴力事件すら、舞原の前では些細な事象だった。舞原家の中枢に生まれたというだけで、俺の人生はもう勝ったようなものだった。この年になり、ようやくそれが実は物凄く不幸なことだったのではないかと気付き始めたが、もう何もかも手遅れだ。俺は舞原という大きな家族に依存して生きている。

本当のところ、自分にはどんな力があるのか。答えは簡単だった。当座のところ、仕事ゼロ。貯金の残高は六桁を切っている。親名義のクレジットカードが無ければ生活していけないだろう。それが現実だ。

喉が渇き、紗矢が置いていったオレンジジュースに口をつけた。冷蔵庫に調味料しか入っていないのを見て、笑いながら帰り際に残していってくれたのだ。

彼女は俺のことを一体どう思っているのだろう。特別親しかったわけでもないし、卒業後に会ったことも一度も無かった。

俺は中学三年生の五月、通っていた私立中学を退学した。

何か特別な事情があったわけではない。相変わらず友達はいなかったし、遅刻や欠席は多かったけれど、素行不良だったわけでも、許せない出来事があったわけでもない。腹立たしいことなんて毎日腐るほどあったし、クラスメイトは全員死ねば良いと思っていたし、この世から教師なんて職業は消滅してしまえば良いとも思っていたけれど、そんなのは小学生の頃からずっとそうだった。ただ、舞原の名前に守られながら、下らない連中に囲まれて暮らすことに、不意に嫌気が差してしまったのだ。

小雨が降る中、雲間に光が差し込むとか、雨上がりに気が付くと虹《にじ》が掛かっているみたいな、そういうちょっとした事件と似ている。不意に訪れるイレギュラーな感情が、その時、そのタイミングで生まれたというだけだ。

公立の学校に通うのは初めての体験だった。粗野で、低レベルで。知性も品性も奴らは低かった。人間性の程度の低さならば、俺も勝るとも劣らないと今なら気付けるのだろうが、当時はそれこそ三日で、新しい学校に嫌気が差していた。

多感な女子生徒たちが黄色い声をあげて話しかけてきたが、安っぽい制服に身を包む彼女たちは全員、汚らわしかった。

以前の中学と変わらずに孤立するまで、一週間もかからなかった。

舞原の名前に守られるのは嫌だったけれど、こんな低俗な連中と同じ空気を吸うぐらいならば、以前の環境の方が百倍マシだと思った。人が嫌い。皆、死んでしまえば良い。人を憎むというのは簡単で、非常に安易な逃げ道だった。

友人のいない集団生活は、人を居たたまれなくさせる。中学校にはいつも始業直前に登校していたし、部活にも入っていなかったから、放課後になればすぐに帰宅した。だけど、お昼休みなどはそういうわけにもいかず、大抵、図書室に赴いていた。

小学生の時に江戸川乱歩《えどがわらんぽ》で推理小説を知り、それからホームズ、ルパンと典型的な道筋を辿り、ミステリー小説を好きになっていった。日本にも推理作家が多くいることを知って、中学生の頃はとにかく色々な作家の本を手に取っていたような気がする。

ある日のお昼休みのこと。書架を順番に見て回りながら、興味を惹かれた一冊を手に取った。巻末の図書カードを取り出すと、そこには『小日向紗矢《おびなた》』と妙に大人っぽい達筆な字が記されていた。それが、最初のきっかけだったのだと思う。

それから先も時折、図書カードで彼女の名前を目にするようになり、俺は教室で、その少女に目を向けるようになっていった。

小日向紗矢は色白で、とても綺麗な目をした女の子だった。制服はよれていたし、見た目にも無頓着《むとんちゃく》なのか、時々、髪が寝癖で跳ねていることもあったけれど、茶色の瞳で見せる、憂いを帯びたような眼差しが印象的だった。

小日向紗矢は、いつでも必ず一人だった。遠足でも、体育祭でも、合唱コンクールでも。いつでも一人きりで、教師にすら無視されているようだった。

背が高くて、がりがりに痩せていて、鼻筋がすっと伸びているその女の子は、いつも教室の隅の方でうつむいている。だけど、きっとこの女の魂は崇高だ。根拠なんて、彼女が綺麗で友達がいないというその二点だけだったけれど、その思いは何だか不思議と確信に近かった。

遅刻が多くて、放課後、いつも誰よりも早く教室を出て行く女の子。俺は小日向紗矢に興味を持った。彼女は放課後、何をやっているんだろう。部活に入っているとも思えない。

ある日、後をつけてみたら、行き先はがっかりするほどに平凡だった。学校の図書室。彼女は司書当番のようだった。それから三日立て続けに尾行をしてみたが、彼女の行動パターンは変わらなかった。

次の日の朝、俺は始業前に図書室に行った。ほとんど連日、彼女は遅刻していたから、その時間帯に図書室にはいないはずだった。八時前の図書室は、五月だというのに空気が冷たく、なんだか墓場みたいだった。図書委員の姿もない。

始業時間までは、まだ三十分以上ある。カウンターを眺めた後、やることもなくなり、書架に移動した。お昼休み、ライトノベルも置いてある文庫本の棚には、大抵、下級生たちが群がっている。そんなこともあり、俺はいつも単行本が並べられた奥の書架しかチェックしていなかったのだけれど、幸いこの時間は誰もいない。

文庫コーナーに移動すると、未読の作家を発見した。妙に分厚い、背表紙が灰色の文庫本で、あらすじを読むと推理小説のようだった。これ、タイトル、どういう意味なんだろう。疑問を抱きながら図書カードを確認すると、またしても『小日向紗矢』の名前と遭遇した。

彼女の端整な容姿と、表題の妖艶《ようえん》な漢字が妙に似つかわしくて、少しだけ笑えた。それはシリーズ物のようで、何となく隣の小説も引っ張り出してみる。そこにも彼女の名前は記されていた。興奮し、その隣の小説も手に取る。

小日向紗矢は十冊以上あったその作家の小説をすべて読破していた。まさかなと思いながら、別の作家の文庫本も手に取る。その図書カードにも彼女の名前は記されていた。

何だか宝物でも見つけたみたいな気持ちになった。彼女は俺のことなんてまるで知らない。だが、俺は小日向紗矢の頭の中にはめ込まれたであろうピースを幾つも手にしている。妙に興奮し、そのまま始業時間まで、彼女の名前が記入された図書カード探しに没頭した。

それからの一週間で、俺はおよそ彼女が読んだ本のすべてを調べ上げていた。彼女の好みを把握し、自分でも興味を持った小説を何冊か借りてみた。

もちろん、それらすべての行為は始業前に行ったものだ。俺が彼女に興味を持っていることなど、絶対に勘付かれてはならなかった。今思えば、何故そんなことを考えていたのだろうと不思議にもなるのだが、とにかく中学生の頃は、他人に自分の気持ちを悟られることが極端に嫌だった。

そんな風に小日向紗矢のトレースを始めて一ヶ月が経った六月。新潟も梅雨に入った。

俺は雨が好きだった。埃なんかと一緒に自分の中の鬱屈した汚い部分まで流れてしまうような気がするのだ。

二時間目の体育の授業が降り出した雨のせいで早めに終わり、一人、集団から少し遅れてグラウンドから帰る途中。中途半端に湿った廊下に、女子たちの楽しそうな声がこだましていた。

体育館ではクラスの女子たちがバレーボールを楽しんでいる。その入り口に寄りかかり、小日向紗矢が一人佇《たたず》んで見学していた。この暑さだ。他の女子たちは全員、半袖の上着を着用していたが、彼女だけは長袖を身にまとっていた。

外では雨脚が強まっている。湿気も相まって、蒸し暑い。額の汗を拭うような仕草を見せた後、小日向紗矢は少しだけ、体操着の袖をまくった。

その一瞬、幻覚が見えたのかと思った。

彼女の手首に醜い痣《あざ》が一本、太く筋になって刻み込まれていたのだ。立ち止まり、彼女の腕を見つめる。友達がいなくて、背が高くて、読書が好きなその少女の手首に深く刻まれた痣。リストカット。

不意に、彼女がこちらの気配に気付いたのか、振り向いた。

俺は咄嗟にうつむき、再び歩みを進める。二度と、顔を上げなかった。見つめていたことを気付かれただろうか。その答えは今でも分からない。教室で彼女が俺に声をかけるはずがなかったし、その逆もまた考えられなかった。

それはともかく、その手首の傷を見てしまったことが俺の中で何かを変えた。守らなければならない気持ちにさせるような、何かそういう、か弱いものを目にしてしまった時、急激に感情が昂《たか》ぶる瞬間というものが男にはあるのだ。

俺はその日、初めて放課後の図書室へ赴き、小日向紗矢と話をすることになる。たったそれだけのことが、俺の未来を変えることになるなんて、夢にも思っていなかった。

2

夜、八時前。常備しておいたインスタントラーメンも切れており、コンビニに出掛けることにした。まだスイカは残っていたが、さすがに飽きてしまった。

階段を降りようとした時、後方でドアが開く音が聞こえる。意識せずに振り返ると、紗矢が顔を覗かせていた。

「こんばんは。お買い物ですか？」

「あんたのところのスーパーに夕食買いに行こうかと思って」

本当はコンビニへ行くつもりだったのだけれど。

「あ、じゃあ、一緒に行っても良いですか？　あと十分でタイムセールなんです。私もこれから向かうつもりで」

嬉しそうに紗矢は小走りでやって来て。走ったら危ないよと、注意しようとしたたまさにその時、彼女は階段の一歩目を踏み外した。

「危なっ！」

咄嗟に両肩を押さえたことで、紗矢が怪我をすることはなかったのだけれど。

「あんたさ、もしかして結構、おっちょこちょい？」

俺の言葉に、彼女は申し訳なさそうに頭を掻いて。それから、あどけなく微笑んだ。

「右足が先走ってしまいました」

面白い表現を口にする子だなと思った。


月明かりに照らされながら、眠らない東京の大通りを二人で歩く。

彼女のいでたちは、黄色いワンピースに薄手の長袖のカーディガン。少しだけまくった左手の袖口には、色鮮やかなシュシュが覗いている。

サンダルの華奢な指に見惚れたりしながら、俺は紗矢の隣を少しだけ遅れて歩いた。

『東京には空がない』と智恵子《ちえこ》が言ったところで、月は夜を照らす。風に流された雲のせいで、空には朧月《おぼろづき》が張り付いていた。朧月夜は文月《ふみづき》が一番美しい。

「零央君は、私立探偵なんですよね。事務所は何処にあるんですか？」

「うちが自宅兼事務所だね。打ち合わせはファミレスとか、そういう外で行うことが多いけど」

「じゃあ、どうやってお客さんを呼ぶんですか？」

「ホームページだよ。私営興信所のネットワークがあるんだけど、そこに登録してあって、フリーで探偵をやっている人間同士、客をシェアしているんだ。それぞれに得意な仕事があるし、機動力も違うからさ」

「私立探偵というのも色々と大変なんですね。……じゃあ、雇ってみませんか？」

一瞬、何を言われたのか分からなかった。

紗矢が立ち止まる。釣られるように俺も歩みを止めた。

「けっこう役に立つと思いますよ。給料が安くても文句を言いませんし、チャンスです」

自分を雇えということか？　寝耳に水どころの話じゃない。そんなことを言われるなんて夢にも思っていなかった。そりゃ、確かに紗矢みたいな綺麗な子が助手をしてくれたら、仕事が十倍は楽しくなるだろうけれど……。

俺が言葉に詰まっていたのはどれくらいの時間だっただろう。

「そんなの駄目ですよね」

俺をずっと見つめていた紗矢だったが、目を逸らしてそう言った。

「冗談です。気にしないで下さい」

再度歩き出しながら紗矢は言ったから、彼女がどんな表情を浮かべていたのか分からない。少しからかうつもりで言っただけなのか、それとも本気だったのか。いつだって本当に気になったことを尋ねることが俺には出来ない。さっきの話、本気なの？ただ、そう聞くだけで良いのに、俺にはそれが出来ない。毎日ってわけにはいかないけど、ちょっと大きな仕事があった時、手伝ってもらって良いかな？　たったそれだけを聞くことも出来ない。

情けねえ。我ながら、心底そう思う。

何を恐れているんだろう。断られたところで、どのみち俺と彼女の間に築き上げられた絆《きずな》なんて、たいしたものじゃない。失うものなどあるはずもないのに。

「もうすっかり夏ですね。……あ、アイスだ」

彼女はすぐ傍にあった自販機に小走りで寄っていった。

クッキーチップが混じった、安い自販機のアイスを舐めながら、幸せそうに彼女は戻ってきた。それから俺にも一本差し出すと、ガードレールに寄りかかるように腰を下ろす。

「サンキュ」

なんて、ありきたりの言葉だけを紡いで、俺も彼女の隣に腰掛ける。原材料費より維持費の方が高そうなアイスを口に運びながら月を見つめていると、「ナー」という可愛らしい声が聞こえてきた。

目を移すと紗矢の細くて白い足に猫がじゃれついている。やつれて薄汚れた野良猫だった。彼女が迷惑がっているのではないかと思い、追い払おうと手を伸ばした時、

「可愛いね」

と、紗矢が呟いた。

「私、昔から捨て猫には懐かれるんです」

嬉しそうにそう言って、紗矢はポケットから何かを取り出す。よく見るとそれは煮干しで、彼女は半分に割いてから地面に置いた。

「それ、いつも持ってんの？」

「はい。秘密兵器ですから」

その言い回しが可笑しくて、吹き出してしまった。

「気が付くと野良猫がついてきたりするんですよね。お互い寂しい者同士で引き合うのかもしれませんね、なんて」

おどけたように言って、彼女は小さく舌を出した。

「零央君、映画はお好きですか？」

野良猫の背中を優しく撫《な》でながら、彼女が尋ねてきた。

「まあ、レンタルでなら時々観るけど」

「ベタだけど、私、ディカプリオが好きなんです」

「へー。『ギルバート・グレイプ』とか、『ボーイズ・ライフ』とか？」

「はい。と言うか、全肯定？　ディカプリオは否定しないことにしてるんです」

思わず笑ってしまった。

「えー。失礼ですよ。笑うところですか？」

「だって大の大人が全肯定って。何が一番好きなの？」

「全部好きなんですけどね。でも、零央君には特別に教えます。詐欺師の奴が一番ですね」

「あー。俺もそうかもな。あ、でも、『ロミオ&ジュリエット』も好きだったかも」

紗矢は腰を屈《かが》めたまま、憂いを帯びたような眼差しで見上げてきた。

「教会で死ぬのって、ロマンティックだと思いませんでしたか？」

「えー、そうか？」

「そうですよ。もしも死ぬのなら、私は線路の方が良いですけどね」

「線路？」

どうして今、線路が出てきたんだ？　豪華客船が沈んだり、アフリカで撃たれたり、古今東西を問わず様々な場所で彼は力尽きているけれど。線路のシーンなんてディカプリオの映画にあったっけ。

考えが結論に至るより早く、紗矢が立ち上がった。

「明日、行っちゃいませんか？」

意味がつかめず、頭の中で彼女の言葉を反芻する。

「行きましょうよ。一緒に、映画。やってますよ、ディカプリオ」

誰が聞いているわけでもないのに。彼女は小声で、俺の耳元に囁いた。そう言えば、彼の新作が公開されたのは先週の金曜日のことだった。テレビでびっくりするぐらい頻繁にCMが流れている。

「あ、でも、こんなに急では無理ですよね。零央君は仕事もありますし」

「あ……いや。うん、明日は何にもないんだ。行こうか、ディカプリオ」

「本当ですか？　やった、言ってみるもんですね」

とても幸せそうに彼女が微笑んだ。

平日の午後二時。とても綺麗な女の子と二人で映画を観る。イタリア人なんてのは、きっと毎日こんな風に過ごしているのだろう。

お昼までゆっくりと寝て、午後、学校帰りの高校生が来る前のタイミングを狙《ねら》う。俺たちはそういう、暇な大学生くらいしかいないような時間帯を選んで映画館を訪れた。

観終わった後、カフェテリアで食事をしながら、映画の感想なんかを、ちょっと小粋《こいき》に話し合う。なんだか、それがしごく当然であるかのように、デートと言って差し支えない時間を過ごした。

時折見かけるカップルと違うところは、俺たちの会話は恋を囁き合うものではないという点だろう。お気に入りの密室トリックを話し合うとか、共感できる異性の作家を教え合うとか、そういう物凄くマイノリティーで文系的な会話が、俺たちの間では弾んだ。俺と紗矢は十年ぶりの再会だったけれど、空白の期間に、似たような本を読み、似たような映画を好んで観てきたことが分かった。

「零央君って、中学生の頃と比べて、少し性格変わりましたか？」

ひとしきり映画や小説の話で盛り上がった後、彼女がポツリと言った。

「んー。どうだろ。ああ、でも、昔は刺々《とげとげ》しかったのにね、とか。親戚の人に何度か言われたことあるかも」

紗矢は昔を懐かしむように微笑んだ。

「そんなに会話をした記憶もありませんし、私も想像していただけなんですけどね。零央君はもっと、無口で怖い人なのかなって、勝手にイメージしてました」

その言葉に苦笑してしまう。

「なんだ、意外と軽い奴じゃんって思った？」

「と言いますか、物腰も柔らかいですし、人懐っこいんだなって。あ、褒めてるんですよ」

紗矢は慌てて付け足した。

「高校一年の時にさ。クラスの女子とめちゃくちゃ喧嘩したことがあるんだけど。その後で、そいつに無理やり演劇部に入れられて。まあ、朱利さんもその時の先輩なんだけど。そこで変わったのかな。なんか、ずっと世の中下らねえって、そんなことばっかり思っていたけど。ああ、一番下らないのはそうやって白けている自分だったんだなって、気付かされたんだよ」

夕方の早い時間に軽食を取り、新宿の紀伊國屋でひとしきり盛り上がった後、帰途につくことにした。

今日の夜、紗矢はお好み焼きを作るつもりらしい。帰りの道すがら寄ったスーパーで食材を購入していると、彼女が俺を誘った。せっかくお好み焼きをするのだから、一緒に食べないか、というわけだ。もちろん、朱利先輩を待ってからになるので、その夕食は午後十一時過ぎになる。けれど、その申し出は俺にとって、飛び上がらんばかりに素敵なものだった。

俺は惚れやすい。これだけ綺麗な旧友と再会し、同じ時間を共有し、加えて会話まで弾むのであれば、気持ちが動かないはずがなかった。

恋が出来ないと嘆く人間の気持ちが俺には分からない。自分の痛みを理解してくれそうな人が傍にいた時、それだけで俺は強い引力に逆らえなくなってしまう。

アパートに着いたのは八時前だった。ちょうどキックオフしたばかりの日本代表戦をリビングで見ながら、俺と紗矢は朱利先輩の部屋で、彼の帰宅を待った。

新潟出身である俺と紗矢が、フットボールファンでないはずがない。それと同時に、フットボールが好きな女の子は、それだけで三割り増しに可愛く見えるというのもまた真理だ。隣に気になる女の子がいるという事実だけで、精神論だけを繰り返す、語《ご》彙《い》の貧弱な地上波の解説まで微笑ましく聞ける。

試合が終わり、午後十時。

紗矢がお好み焼きの下準備に入り、俺は彼女がお勧めだという未読のミステリーを読み始めた。本当は一度、部屋に戻ってホームページで仕事の確認をしなければならなかったのだが、今、この瞬間に大切なのは、紗矢と同じ時間を共有することのように思えた。

三十分ほどで彼女は食事の準備を終え、リビングに腰を下ろす。台所兼リビングのこのフロアを朱利先輩に借りていて、ここは彼女の部屋のようなものらしかった。

先輩は早ければ十一時前に、遅くとも十二時前には帰ってくるらしい。俺たちは益体もない話を続けながら、先輩の帰りを待った。

夜、闇に世界が飲まれても明かりは灯る。

時刻が更けていっても、景色は変わらない。

それなのに、どうしてだろう。夜になり、時刻が進めば進むほど、人は本音を話し出す。それまで心に押し留めていた言葉が、口をついて出てきてしまう瞬間がある。

たとえば午後十一時というのは、ちょうどそんな時刻だった。彼女にどうしても聞きたかったことを尋ねる。

「先輩とは付き合ってないって言っていたよな。なら、どうしてここに居候しているの？」

付き合っていることを周りに隠す。そういう気持ちが理解出来ないわけでもない。けれど、それは朱利先輩のやり方ではないように思う。彼女の言葉が本当であるならば、どうしてかれこれ一ヶ月以上も、先輩の家で暮らしているのか。二人の接点を未だ、俺は知らない。

その単純な問いに、彼女は言葉を詰まらせた。

「答えづらいなら、別に答えなくても良いんだけど」

「でも、やっぱり気になりますよね？」

「そりゃ、まあ」

彼女は溜息をついた。けれど、それはどういうわけか失望とかそういう類のものではなくて。ホッとした、みたいな、なんだかそういう安堵《あんど》を感じさせるものだった。

「嬉しいです。気になっていないようなら、ちょっと落ち込むところでした。零央君、全然聞いてこないですし」

「話さないってことは、聞くなってことなんだと思っていたんだよ」

紗矢は首を横に振った。

「会った時から、ずっと話したいって思っていましたよ。でも、怖かったんです。本当の話を聞いたら、引くかもしれないですし」

「え、なんか、えげつない話なわけ？」

俺には紗矢が何を言わんとしているのか、想像もつかなかった。

紗矢は時計に目をやる。

「まだ、朱利さんが帰ってくるまで、時間もありますね。少しだけ長い話になりますけど良いですか？」

一度、頷く。

「零央君は中学生の頃の出来事とか覚えてますか？」

少しだけ考える。

「俺は……」

あの一年を思い出す。

公立中学に転校し、孤独で崇高な魂を持っているはずの少女に出会い、その子は読書狂で、ミステリーが好きで、左腕にリストカットの痕があって……。

俺はあの墓場みたいな、雨の匂いがする図書室を思い出していた。

3

中学三年生の梅雨入り時、放課後の図書室。

「あとは私が戻しておきますから」

最初に話しかけてきたのは小日向紗矢の方だった。

返却印を押している彼女の指先を見つめていたら、か細い声が聞こえてきたのだ。

顔を上げると、怯えたような眼差しで小日向が俺を見つめていた。多分、俺たちが最初に視線を交わしたのはこの時だ。

「ああ。……どうも」

怯えたような眼差しを向けているのに、彼女は俺から目を逸らさなかった。

どうしてだ？　必死に頭を回転させる。もしかして、あの時、彼女の手首を見つめていたことに気付かれているのか？　誤魔化さなくてはならない。俺が彼女に興味を持っていたなどと悟られては絶対にならない。

「あんたさ、確か二組だよな？」

「はい」

「やっぱりか」

俺はそれだけ言って図書室を出て行った。我ながら、上手いアイデアだと思った。クラスメイトの顔すらまだ覚えていない転校生。それを示して見せたのだ。


一週間後の放課後、再度、本を返却するために図書室を訪問した。

それから、その一週間後にも、再び小説の返却に出向いた。

一週間に一度。俺が彼女に関心があるなどとは思わせない程度に、けれど、少しでもこの距離が縮まるようにと、俺は自分でも意味不明な行動に出ていた。


三度目の訪問の時。自分からは話しかけない。そう決めていたはずだったのに、とうとう口を開いてしまった。

「あのさ、俺、同じクラスの舞原」

外では土砂降りが続いている。俺の声は彼女には聞こえないかもしれない。そんな思いもあったのだけれど……。

「知っています」

あっさりと、当然だとでも言わんばかりに彼女は答えた。

いつも教室で一人きりの綺麗な女の子。この少女は既にすべてにおいて満たされているのかもしれないと思っていた。同い年の粗野で下品な友達なんて必要ない。崇高なこの少女にとっては、俺もその他大勢の群集と変わらないのだ。そんな風に思っていたのだけれど、現実はもう少しだけ、ありふれているようだった。

「そっか……。普通、そうだよな。俺、目が悪くてさ、あんまりクラスメイトの顔分かんないんだ」

また一つ、言い訳を付け加える。俺の視力はずっと二・〇だ。けれど、そうやって誤魔化すことしか出来なかった。

俺の嘘はいつだって自分を守るための、そういう、とにかく情けない類の嘘だ。どうして、こんな風に生まれてしまったんだろう。

もう帰ろうか。そう思ったのだが、俺の口はまた勝手に動いていた。

「あ、すげえ、あんたもこれ読んだの？」

図書カードに目を落としながら尋ねる。我ながら白々しいと思った。けれど、

「はい、図書室にあるこの作者の話は全部読みましたよ。これは一週間前に貸し出しが開始されたばかりの新作なんです」

彼女は俺の言葉を疑うような素振りも見せず、なんだかとても嬉しそうにそう言っ

た。

「そっか、すげえな……」

呟きながら、ようやく気付いた。腐っているのは俺だけだ。狂っていたのも、屈折していたのも、歪んでいたのも、俺だけだったのだ。

目の前の綺麗な女の子は、クラスメイトの男子が偶然同じ本を読んでいたことに、驚きを隠せないとでも言わんばかりの表情で微笑んでいる。

この子は天使かもしれないと思った。俺みたいな馬鹿の嘘に騙されて、それでも笑っている。疑いもしないで、偶然の訳も知らないで、笑っている。

自分が心底情けない。失ってしまった純粋なるものは、もう取り返すことは出来ないだろう。気が付けば、俺はたっぷりと暴言と悪態を周りに撒《ま》き散らし過ぎていた。いつかロックスターが歌っていたように、自分で撒き散らした毒を、俺自身も吸っていたのだ。

「あっ、傘……忘れていますよ……」

帰ろうとした俺の背中に彼女の声が響いた。窓から空を見上げる。まるで俺の心みたいに真っ暗な雲から、抱えきれなくなった雨が土砂降りになっていた。

「……雨、止まないですね」

「そうだな……。雨は嫌いじゃないんだけど……」

俺の中の汚れたものまで一緒に洗い流してくれれば良いのに。

「ちょっと、いくらなんでもこの土砂降りじゃ、傘いるよな」

軽い気持ちの一言だったのに、彼女に笑われてしまった。

「雨が好きだなんて、変わっていますね」

「……雨を見ていると落ち着くんだ。あと、真っ直ぐに延びた線路とかさ。見ているだけで、なんだか無性に落ち着く」

「線路？　電車じゃなくてですか？」

「うん、線路。冬に雪が積もっててさ、そこを電車が走り抜けた後に残る、迷いがないみたいな真っ直ぐな線を、高架の上から眺めるのが好きなんだ」

何でだろう。何で俺は今まで誰にも話したことがないこんな話を彼女に告げているのだろう。これは心の中に仕舞っておくだけの秘密だったはずなのに。

「俺、死ぬ時は、線路の上で死にたい。馬鹿みたいって思うかもしれないけど」

それから、無理やり笑顔を作ると、彼女から傘を受け取った。

一人きりで歩く、静かな放課後の廊下。とうとう誰にも言ったことのなかった秘密を話してしまった。そんな後悔を抱えながら、雨空を見つめていた。

死にてえな。生まれて初めて、そんなことを思った。

死んだ後だけは、今度こそ本当に自由だろう。もしも明日も雨なら、彼女と同じ傷を、この手首に刻んでみようか。そんなことを思っていたのだけれど、次の日には梅雨が明け、俺はその機会を永久に逸してしまった。

4

「ノロマ、早く買ってきなさいよ」

「買えなかったら、豚、処刑ねー」

半べそをかきながら教室を飛び出していったのは、同級生の村山沙織《むらやまさおり》だった。背が低くて、小太りで、勉強も出来ないらしく、まあイジメの標的になりやすそうなタイプではあった。

陰湿さに程度の差はあれ、私立でも公立でも、結局、こういう弱い者イジメは存在する。俺が通っていた私立では、こんな風に大っぴらにやる奴らはいなかったけれど。

馬鹿は自分の愚かさを隠すことさえしない。

教室の中心を陣取る女子の主流派グループを横目で見ながら、市販の弁当を広げた。俺は小日向紗矢が教室で食事を取っているところを見たことがない。今日も気付けば彼女は教室にいなかった。

クラスメイトの男子たちは、午後最初の授業がバレーボールであったため、三時限目の後で早弁を決め込み、皆、既に体育館に飛び出していた。今日は宿敵である六組との天王山だったが、俺には関係ない。このくそ暑い夏の日に、バレーなんて真面目にやってられるか。

外では季節はずれの雨が降り続いている。今日はやたらと湿度も高い。午後の体育は憂鬱だった。

教室に男子は俺一人しかいない。それはつまり、今、この空間には女子しかいないのと同義だった。俺の存在は空気と等しい。

「ねえ、いつまで豚、グループに入れとくの？」

「最近、豚、マジでうざくない？　汗臭いし、マジ死んで欲しい」

「あいつ、やっぱりハブろうよ。使えないし」

「まだ、まずいんだよ。あれ、喋られたらさすがにうちらもやばいからね」

そう言ったのは中心に陣取る、紺野《こんの》愛《あい》。ブサイクのくせに自分は可愛いと思ってやがる、お山の大将だ。だが、周りの取り巻き連中は常に紺野を持ち上げる。

「あいつが年少に入らないで済んだのは、『犯罪者』が、かばったかららしいけどね。まだ教師はピリピリしてる。もうちょっと飼い殺しだね。少なくとも高校が決まるまではさ」

「あーあ、結局、豚のせいなんじゃん。あいつ頭おかしくない？　本当にやるか、普通？」

「あんなのと同じグループってだけで、うちらの評判がた落ちじゃね？」

お前らに評判なんて存在するのかよ。全員駆除されてしまえば良い。

「『犯罪者』は、いつまで入れとくの？」

「明日の朝までで良いんじゃない？」

「だいたいさ、あいつがあんな悲鳴をあげなきゃ、こんなことにはなってないわけでしょ？　大袈裟なんだよ」

「ねえ、愛。『犯罪者』、もう殺さない？　あんな奴、存在してたって意味なんかないって」

ようやく、その会話の意味が俺にも分かってきた。『犯罪者』とは、誰かの固有のあだ名らしい。村山以外にも標的がいるのだろう。女子の世界のことはよく分からないないが、陰湿で、陰惨で、吐き気がするほどに下らないイジメが横行しているのだ。

いつまで入れとくの？　と言っていたから、『犯罪者』というのも紺野たちのグループの誰かを指すのだろう。村山以外にもイジメの標的にされている奴がいるのだ。クラス事情にはまったく明るくなかったから想像もつかないが、少なくとも自分に悪意を向けてくる連中とそれでもつるもうとする感覚は理解不能だ。

「入れられる時の『犯罪者』の泣き顔覚えてる？」

「あー、なんかマジでキモくて鳥肌たったんだけど」

うるせえな。同じ空気を吸っていることに耐えがたくなり、手っ取り早く食事を片付けると、図書室へ向かった。もしかしたら小日向がいるかもしれないし。そんな淡い期待も抱きながら。

図書室に小日向はおらず、午後の体育が終わって教室に戻っても、彼女の姿は見当たらなかった。早退でもしたのだろうか。

六時限目の授業で、担当教師が小日向のことをクラス委員長に尋ねた。委員長が困ったような声で「知りません」と答え、何故かその言葉に紺野たちのグループがクスクスと忍び笑いした。そういえば四時限目の理科でも、移動した教室に彼女の姿はなかったような気がする。どこかでサボっているのだろうか。彼女は遅刻の多い生徒だけれど、そんな風にして授業を抜け出すなんてことは今まで無かったんじゃないだろうか。

俺は早朝の書架調査で、小日向が最近、詩集にはまっているのを知っている。彼女は今頃、この止まない雨の音に耳を澄ましながら、どこかでダンテの詩集でも読んでいるのだろう。神々しいまでに自由。愚鈍なクラスメイトたちとは確実に一線を画す小日向の姿を想像して、なんだか不意に笑い出したい気分になった。

結局、放課後になっても小日向は教室に戻ってこなかった。そのまま帰ってしまったのだろう。孤独と自由が抱き合わせである以上、俺や小日向はこの世界で有数の自由を手にしているはずだ。

さっさと教室掃除を終えて帰りたい。手っ取り早く終わらせようと、廊下の掃除用具入れに近付く。そこで数人の男子と紺野たちが言い争いをしていた。

「これ、お前らがやったんだろ、早く直せよ」

「うっさいわね。超ウザイんだけど。自分でやれば良いじゃない」

紺野に向かってクラス委員長が何事か抗議をしていた。

よく見ると、掃除用具入れが逆向きになって壁に押し付けられていた。これでは中の箒を取り出せない。女の考えることは分からない。

「どけよ」

委員長の肩に手をかけて、そこをどかした。別に犯人が誰であっても構わない。さっさと掃除を終わらせて帰りたかった。両端をつかみ、体重をかけながら掃除用具入れを回転させる。

この入れ物は、こんなに重かっただろうか。後ろで紺野たちがクスクスと笑っていた。こんな物一つを動かすのに苦労している非力な俺が面白かったのだろう。好きにすれば良い。鬱陶しくて振り向く気もおきなかった。扉を前面に出し、それを開く。

後ろから、女子たちの沸きあがる声が聞こえた。

一瞬、目の前に佇む存在が何なのか理解出来なかった。それが人間であると、それも制服から女子であると、認識するのに二秒はかかった。その少女は両腕、両足を縄跳びで縛られており、長い黒髪は埃だらけだった。

意識も朦朧《もうろう》とした様子で、その少女が顔を上げる。ガムテープで口を塞がれており、虚ろな眼差しで彼女は俺を見つめた。

小日向紗矢……。

血液が何度で沸騰するのか、俺は知らない。別に知りたいとも思わない。

だが、その瞬間。間違いなく頭の中の血液は蒸発せんばかりに加熱された。

頭に血が上るとか、そういうレベルじゃない。

細胞が吠えていた。


「『犯罪者』は、いつまで入れとくの？」


昼休み、紺野たちが話していた言葉の意味を理解する。

後ろで聞こえていた笑い声が歓声に変わる。

拳《こぶし》が震えていた。握り締めた爪《つめ》が手の平に食い込む。

俺は全力で扉を蹴り飛ばした。鈍い音を立てて、ひしゃげた扉の金具がいかれたのが分かる。その時に理性もまた、リミッターを焼き切った。

小日向紗矢の口を塞いでいたガムテープを乱暴に引き剝がす。彼女の顔に苦痛の表情が浮かんだが、ためらいは無かった。

お前らの罪は重いなんてもんじゃねえぞ。

奪われて良い居場所なんかねえんだぞ。

「ぶっ殺してやる！」

箒を手に取ると、紺野に向かって駆け出していた。

許さねえ。

悲鳴がこだまする。

ひるんだ紺野は逃げ出そうとしたが、関係なかった。すぐに追いつき、俺は何の迷いもなく全力で紺野愛の頭めがけて箒の一撃を振り下ろした。紺野は寸前のところで頭を逸らし、彼女の肩に俺の一撃は炸裂した。箒と紺野の鎖骨が折れる奇妙な音が重なった。

悲鳴をあげながら倒れこむ紺野を飛び越えると、折れた箒を投げ捨てる。

お前一人で終わりじゃねえぞ。

全員同罪だ！　崇高なる魂を笑い、汚したお前ら全員死刑だ！

逃げ遅れた紺野グループの女を捕まえ、殴り倒す。さらに逃げようとするもう一人の髪の毛をつかみ、そいつがよろけたところで、顔面に渾身《こんしん》の一撃をお見舞いした。

小日向の痛みはこんなもんじゃねえ。

殴られたぐらいで終わりに出来るような痛みじゃないんだ。

孤独は、お前らみたいな屑《くず》がヘラヘラ笑いながら踏みにじって良い感情じゃねえんだぞ。

四人目に手を出そうとした時、教室から飛び出してきた男子に押し倒された。

「離せ！　てめえもぶっ飛ばすぞ！」

「先生を呼んでこい！」

全力で振りほどこうとするのだが、三人がかりで押さえつけられていた。

「離せ！　全員殺してやる！」

「落ち着け！　舞原！」

「うるせえ！　てめえも見ただろうが！　こいつら生きてる価値なんてねえんだ！　逃げるな！　てめえら全員、殺してやる！」

だが、どれだけ強い言葉を吐こうが、俺に三人のクラスメイトを撥《は》ね除ける力なんてあるはずがなかった。

必死の抵抗もむなしく体育教師に羽交い絞めにされ、そのまま生徒指導室へ連行される。

今でも、俺は自分がやったことを後悔していない。

俺が殴った女の一人は頬骨を骨折していたし、紺野も一週間、入院を余儀なくされた。けれど、それでも手ぬるいと思った。痛めつけられた心は時間なんかじゃ癒《いや》せない。小日向紗矢が暗闇で感じた絶望は、奴らの下等な魂なんかじゃ贖いになりはしないのだ。

俺は二週間の停学をくらい、復帰後、教師やクラスメイトたちから完全に愛想をつかされた。

望むところだ。お前らみたいな下等な人間どもと交わってたまるか。高校では絶対に公立へは進学しない。そう、心に決めたのもこの頃だった。

5

紗矢が俺のことを好きだったという。そんな冗談みたいな話を、俺は一言も口を挟まず聞いていた。反応が気になるのか、紗矢は何度も俺の目を見つめたが、俺は感情の変化を見せなかった。

今になり、はっきりと分かる。

中学生の頃、俺は紗矢に好意を抱いていた。ろくに言葉を交わしたこともなかったけれど、彼女のことが好きだった。けれど、紗矢がそんな俺の感情に微塵《みじん》も気付いていなかったように、俺もまた彼女の気持ちになど、思い当たりもしなかった。

彼女は一つずつ、ゆっくりと、自分の過去を話していった。俺は相槌を打つでもなく、ただ、真っ直ぐに彼女を見つめながら、その話に耳を傾ける。

俺は温室育ちの、生粋の駄目人間だ。お金がないということの苦労が分からない。高校時代からはずっと、心を許せる友達もいる。そんな俺に彼女の境遇を理解することなんて出来るのだろうか。

俺は同情されることが大嫌いな子どもだった。だけど、今、この瞬間だけは、彼女の境遇を思い、そのすべてを理解したいと思った。俺さえ傍にいれば、絶対にこんな人生を歩ませはしなかったのに。安易かもしれないが、心底そう思っていた。

ずっと、気になっていたことがあった。

「俺があんたの手首の傷を見つめていたこと、覚えてる？」

紗矢は真剣な眼差しでしばし考え込んでいたが、やがて、

「本当にごめんなさい。思い当たる節がありません」

そう言った。

俺の中であんなにも大事件だったことは、本当は、こんなにも何でもない勘違いだ

ったのだ。

「六月だったかな。体育館で紗矢が腕をまくっているのを見たことがあるんだよ。いつも長袖を着ていただろ？　凄く蒸し暑い日でさ。あんたは体育の授業を見学していた。リストカットの傷なんて見たの初めてで。あんまりにも痛々しかったから、ちょっとボーっとして見つめちゃって。そしたら、あんたが急に振り向いたんだよ。ずっと、その時見ていたこと、気付かれていると思ってた」

「そんなことまったく知りませんでした。零央君にとって私は、たくさんいるクラスメイトの中のただの一人だと思ってましたから」

俺たちはあの頃、自分のことだけで本当に精一杯だった。つまりはそういうことか。

「そのリストカットは、いつやったの？」

紗矢の表情が曇る。

「これ、リストカットじゃないんです。村山沙織さんって子、零央君、覚えていますか？」

「女子グループのパシリになっていた奴だろ」

「うちのクラスでイジメの標的になっていたのは私だけではなくて、村山さんもだったんです。あのクラスでは、私たち二人に人権なんてなくて、教師にばれないレベルでならどんな嫌がらせでもされました。世の中には人の痛みが分からない人間というのが確かに存在しているんです。あの子たちは紛れもなくそういう種類の人間でした」

紗矢は袖をめくる。そこに太い痣が今でも醜く筋になって刻まれていた。

「零央君が転校してくるちょっと前でしたから、中学三年生の四月だったと思います。技術の授業でハンダを使ったことがあるんですけど、その授業の最中に一人の男の子が体調を崩して、そのまま自習になったんです。先生がその子に付き添って教室を出て行って、悪夢が始まりました。紺野さんは覚えていますか？」

頷く。あの女を忘れるはずがなかった。

「彼女はグループの女の子たちに、私と村山さんを羽交い絞めにさせて、目の前に加熱されたハンダごてを置いたんです。それから袖をまくられ、それぞれ左腕を固定されました」

紗矢は表情を変えずに淡々と言葉を続ける。

「紺野さんはこう言いました。『どちらでも良い。ハンダごてで相手の手首の血管を焼き切りなさい』って」

「冗談だろ？」

「正気の沙汰じゃないですよね。でも、教室の中で一度膨らんだ狂気というのは、文字通りの意味で悪魔に変わることもあるんです。私と村山さんが恐怖で身動きが取れずにいると、だんだん彼女たちの挑発はエスカレートしていきました。私たちの前髪をハンダごてで焼いていって、肉の焦げたみたいな匂いが広がりました」

俺は言葉に詰まり、彼女の話に耳を傾けるしかなかった。

「やがて村山さんが泣き出して、紺野さんがキレてしまった。彼女がキレてしまえば、もう誰にも止められないんです。あのグループは彼女を中心に回っていましたし、歯向かうということはクラスでの死を意味していましたから。彼女は村山さんの口を仲間に塞がせると、ハンダごての先を彼女の耳たぶに押し付けました。私は人の身体があそこまで捩《よじ》れるものなのだということを、あの時知ったんです。彼女の片耳に刻印を施した後、暴れる村山さんを押さえつけて、紺野さんはこう続けました。『もう熱いのは嫌でしょ？　もし、あんたがこいつで犯罪者の動脈を焼き切ったら、うちのグループに入れてあげるわ』って」

紗矢は手首の痣を撫でる。

「それは悪魔の囁きでした。私を殺せば、あんたは生かしてやる。そう紺野さんは言っていたんです。もちろん、彼女だって、まさか村山さんが本気で私の血管にハンダごてを当てるなんて予想していなかったと思います。でも、いつだって加害者は被害者の痛みなんて半分も理解していないんです。私たちにとって、彼女は死神でした。毎日、次は本当に殺されるんじゃないかって、そう思っていました。人の血管を焼き切るなんて普通の神経ではないと思うかもしれませんけど、私たちの神経はとっくに普通なんて状態を振り切っていたんです。村山さんはためらう素振りも見せませんでしたし、周りが止める暇もありませんでした。彼女は私の左手首にハンダごてを押し当てて、この一生消えない痣が刻まれました」

紗矢は泣いていた。

「血が沸騰する音を聞いたことってありますか？　私はあるんです。あの時、私は自分の身体を流れる血が、沸騰して蒸気に変わる音を聞いたんです」

嗚咽《おえつ》を漏らしながらうつむく彼女の肩に、俺はそっと手を伸ばした。彼女は一度、びくっと驚いたように身体を震わせた。

「もう、良いよ。俺が悪かった。軽い気持ちで聞いて良い話じゃなかった」

「零央君があの日、誰のためにその拳を振るったのか、私には分かりません。でも、誰のための怒りであったとしても、私はそれに救われました。あの後、零央君が停学になっていた間、担任が何度も言っていたんです。どんな理由があっても女に暴力を振るう男は最低だって。でも、あの暴力は私の命を救ったんですよ。最低なわけないじゃないですか。光でした。零央君の拳は私にとって救いだったんです」

「俺は上等な人間じゃないけど。それでも、紺野を殴ったことであんたを守れたのなら
さ、俺があの中学に転校した意味はちゃんとあったんだな」

涙で赤くなった目を擦りながら、紗矢が顔を上げた。

「もしも卒業式の日、私が告白していたら、少しは迷ってくれましたか？」

「迷うっていうか、付き合ったよ」

「駄目ですよ、嘘は」

「嘘じゃないよ」

「零央君は優しいですね」

それから、紗矢はもう少しだけ、自分の話を続けた。
夫と離婚し、今度こそ本当に死のうと思ったこと。けれど、もう一度だけ、最後に
努力をしてみようと思ったこと。その努力は報われたかに思えたが、勘違いと朱利先
輩の嘘もあって、なんだかよく分からないことになってしまったことなどだった。
そこまで話を聞いて、俺はようやく紗矢が朱利先輩の部屋に居候しているという、
奇妙なこの状態の訳を理解した。

もしも、彼女が俺と朱利先輩を間違えていなければ、今頃、紗矢は俺の隣で恋人として笑っていたのだろうか。すべては可能性の話で、意味がない仮定であると同時に、そんな未来は想像もつかなかった。

紗矢は朱利先輩を俺だと勘違いしてしまい、そうして暮らした一ヶ月で、先輩に一度は惚れた。朱利先輩も彼女の話では少なからず、紗矢に好意を抱いているとのことだった。

期せずして生まれた三角関係を前に、どうすれば良いのか紗矢には分からず、朱利先輩は嘘のお詫《わ》びとして時間をプレゼントした。彼女の中で納得のいく結論が出るまで、答えを迫らない。それが二人の間の契約らしい。

もしかしたら、紗矢はその日、俺からの何かしらの言葉を待っていたのかもしれなかった。けれど、俺は彼女にそういう優しい一言はかけられなかった。

俺は情けない男だ。朱利先輩との関係が崩れてしまうのが怖い。真っ直ぐに人を想う、紗矢の感情の矢面に正面切って立つ勇気がない。一度、自分を好きになってくれた女に幻滅されたくない。

俺たちの関係の決定打となる解答があるとして。今はまだ、答えを知りたくない。どこまでも、俺はそういう情けない男だった。

6

自分の中で、紗矢に対する感情の結論は出ていた。

一晩、考えてみたけれど、もう間違いない。最初は、よくあるいつもの自分の恋愛パターンかとも思った。保護欲をかきたてられるとでも言うのだろうか。俺は自分より弱い者、傷ついている者、虐げられている者に弱い。

けれど、この気持ちはきっと違うはずだ。幼い頃に感じていた憧憬《しょうけい》のような、そういう懐かしくて、愛おしくて、優しい気持ちに包まれていくみたいな、そんな感情。自分が素敵だと思った人が、自分を想ってくれていた。それは何て幸せなことなのだろう。

次の日の午後、風夏先輩に相談することにした。

『あんたさ、一週間前に私のこと好きだって言ってなかった？』

電話越しに好きな人が出来たと告げると、開口一番に先輩は呆れ声でそう言った。

「いや、そう言われるのも当然だとは思いますけど、でも、今回のは特別っていうか」

『なによ、それ。じゃあ、私に惚れたのは特別なことじゃないみたいじゃない。はったおすわよ。あんた、私が離婚したら、舞原にもらって玉の輿《こし》にした上に、家事も全部やって、一生楽させてくれるって言ってたじゃない』

「何、勝手に最後の方、創作してんすか。本当に今回は違うんすよ。昔、気になっていた子と再会したっていうか……」

『まあ、いいわ。話してごらん』

風夏先輩に促されるまま、俺は紗矢とのいきさつを話していった。新しく誰かを好きになった時、それを風夏先輩に相談するのが俺の習慣となっている。

それからたっぷり一時間以上かけて、これまでの経緯を話した。

『また、ベタな三角関係だね。てか、朱利まで巻き込まれているのが笑えるわ』

「いや、笑い事じゃないんすけどね」

朱利先輩と風夏先輩は同い年だし、今でも仲が良い。

『朱利が前の彼女を振ったのって何年前だっけ？』

「もうすぐ二年経ちますね。あれは、相手の子、可哀想だったなー。向こうは完全に結婚するつもりでしたからね。あれって結局、何で別れたんすか？」

『そもそもは見た目が好みの子が、後輩で入社してきて。それまでの経験上、相手を深く知っちゃうと幻滅して恋愛どころじゃなくなるから、取り敢えず付き合ってから惚れてみようと考えたらしいんだけど。相手、人格が薄っぺらな上に重い子で、気持ちもないのに合わせている自分への自己嫌悪に耐えられなくなったとか何とか』

「うわ、ひでー。完全に振り回しているじゃないすか」

『大丈夫。その子の無念の分も、私が三時間、説教してやったから。朱利、最後は精根尽き果てた顔で、次からはちゃんと相手をよく知って、好きになってから付き合います、とか小学生みたいなことを言ってたわ』

風夏先輩は楠木さんの前では貞淑な妻なのに、俺や朱利先輩には正反対と言って良いほど強気な態度を見せる。本人は無自覚なのだろうが、旦那さんの前で素顔を晒せないことで溜まったストレスの皺寄《しわよ》せなのではないかと、俺はこっそり思っている。

『朱利にも、とうとう好きな人が出来たってことよね。感慨深いわ』

「先輩、どっちの応援してるんすか？　今、相談してるの俺なんですから、勝手に向こうサイドにつかないで下さいよ」

『こういう言い方が適切かどうかは分からないけど、あんたがそういう傷物みたいな女を好きなのは分かるよ。友達として言わせてもらえば、あんたには、もうちょっと平凡な人生を歩んでいる子の方が楽なんじゃないかとは思うけど』

「紗矢は望んで不幸になったわけじゃないすよ」

『限度の問題よ。相対性の話じゃなくて、絶対性の話。その子はトラウマを抱え過ぎている気がする。あんたに惚れたのだって、救いを求めていただけでしょ。その子、あんたの何を知っているのよ。舞原家がどういうものなのかも、よく分かっていないんでしょ』

風夏先輩はどうやら俺が紗矢を好きになったことが面白くないようだった。嫉妬なのか、単純に心配をされているのか、それは分からないけれど。

「俺も紗矢も、本の中にしか友達がいなかったんすよ。そういう孤独を、お互いが知っているって、大きなことだと思いませんか？」

『重要なファクターの一つだとは思うよ。でも、人間関係を構成する決定打だとは思わない。私は本なんか読まないけど、あんたの友達でしょ？　あんた、この世の中に私より親しい友達なんているわけ？』

言葉を返せなかった。

「なんで、そんなに悪く言うんすか」

風夏先輩はきっと応援してくれると思っていたのに。

「紗矢は、そりゃ俺のことをちゃんと知ってるわけじゃないですよ。でも、だからって、そんなこと俺が彼女を好きになっちゃいけない理由になんてならないでしょ。不幸だから駄目なんすか？　なら、それを幸せにしたいって思っちゃいけないんすか？」

電話の向こうで、風夏先輩が笑った。

『決まってんじゃん、答え。あんたさ、何を相談したくて私に電話してきたの？』

考える。俺は何を迷っていたんだろう。

『あんたは朱利に遠慮してんのよ。ずっと世話になってたから。でも、はっきり言うけど、それって最低な遠慮だよ。決めるのってあんたじゃないでしょ？　どっちと幸せになるのかを選ぶのは、その紗矢って子じゃないの？　あんたと朱利が話し合って決める問題なわけ？』

「違いますけど」

『じゃあ、堂々としてなさい。男でしょ。好きだって言って、待ってりゃ良いのよ』

「でも、紗矢はそういう、冷静な判断が出来るほど、落ち着いた精神状態にいるわけじゃないと思うんすよ。今、彼女は自分の求めている男が、朱利先輩なのか、そうでないのかを迷っているんです。そこに、俺なんかが顔を突っ込んだら余計に混乱させちゃって……」

『あんた、その紗矢って子を本当に信頼していないのね』

それは、あまりに酷い言い分だった。

「分かったようなこと言わないで下さいよ」

『だって、今、あんたが告白したら、その子、感情が乱れているから最善の判断を下せないんでしょ？　あんたが言っているのはそういうことでしょ？』

「そうですけど」

『あんたは自分が好きになった女の目も信用出来ないんだね。相手を信頼出来ないような恋愛が上手くいくわけないでしょ。その子の判断すら疑わしいなんて、本当に可哀想なのはあんたの方よ』

返す言葉が無かった。

『けど、ま、好きな気持ちはしょうがないものね。今さら諦めるなんて出来ないでしょ？』

紗矢のことを思う。

俺が諦めたとしても、彼女は幸せになれるだろう。朱利先輩がいるのだ。

だけど、本当にそれで良いのだろうか？

隣で笑っているのが俺じゃなくても、紗矢は幸せなんだろうか。それを決めるのは、風夏先輩が言った通り、やっぱり紗矢なんじゃないだろうか。

「無理っすよ。自分のことを好きでいてくれた子のことを、簡単に諦めたりなんて出来ないです」

『じゃあ、もう迷うことなんてないじゃん。歪んでいるところもあるけど、朱利は正直、結婚相手としちゃ優良物件だしね。心配すんな。勝ち目はないかもしれないけど、振られた時には、ちゃんと慰めてあげるから』

風夏先輩に相談して良かった。

先輩は厳しいけれど、でも、いつでも本当のことを言ってくれる。

チャイムが鳴った。

時刻は午後五時。紗矢だろうか。

電話を切り、玄関へと向かう。

扉を開けると、そこには朱利先輩が立っていた。

「あれ、先輩、今日って仕事休みでしたっけ？」

「辞めてきた」

一瞬、言葉の意味が分からなかった。

「今から、少し話せないか？　紗矢と三人で話をしたいんだ」

戸惑いながらも頷く。

何かが加速している。不意にそんな気がした。

7

百合の匂いが微かに広がる朱利先輩の部屋で、俺たち三人は向き合っていた。

先輩は今日、会社を辞めてきたらしい。理由は単純だった。実家の母親が倒れたのだ。

朱利先輩は母子家庭である。幼い頃に両親は離婚し、母親が女手一つで先輩を育ててきた。先輩が私立である美波高校に進学したのは、特別奨学生制度があったからだ。先輩はその中でもランクの高い、学費免除生だった。

先輩は高校を卒業した後、東京の国立大学に進学し、アルバイトを経て大手進学塾に就職を決めた。演劇部の仲間の多くは、夏音《かのん》先輩のように副長の設立した会社に就職していたが、朱利先輩はそうしなかった。理由は分からない。ただ、俺や風夏先輩もまたその輪からはずれてしまったように、先輩にもきっと何か思うところがあったのだろう。

「俺が東京に進学したのは、実家が息苦しかったからなんだ。母親には俺しかいなかったから、溺愛《できあい》されて育った。恋人を作るのも極端に嫌がられたし、家にいる時、母親は常に俺が見えるところにいたがった。昔はそれでおかしいとも思わなかった。家族というのはそれが普通なんだと思っていたし」

　朱利先輩は俺と紗矢を前に、淡々と話を続けた。

「俺にとって、人生で一番意味のあった選択は、あの演劇部に入ったことだよ。最初は軽い気持ちだったんだけどな。能力の高い奴らと人脈でも作れれば将来役に立つかなとか、そんな程度の動機。でも、あの演劇部にはまともな奴なんて半分もいなくて、次から次へと固定観念が破壊されていった。正直、大学に進学するか、副長の会社に進むか、本気で悩んだよ。結局、消去法だったんだけどな。俺はあの母親から確実に離れる必要があった。それは俺のためでもあったし、母親自身のためでもあったんだ。あの人は子どもから自立する必要があった。俺を人生のすべてと思い込んだまま、最期まで生きていくわけにはいかない」

　先輩の話が俺には理解出来る。

　俺の中で王様のようにふんぞり返っていたプライドや、他人を見下す低劣な基本感情は、あの演劇部に入って、ことごとく粉砕された。本当の意味で賢い人たちを知り、自惚《うぬぼ》れていた自分が、井の中どころか、コップサイズの海で生きていたことを知った。プライドはズタズタになったし、心の深い部分に切り込んでくる部員たちには、十分過ぎるほど、傷つけられたけれど。それと引き換えにして、かけがえのない本当の友達を得た。

誰にも自分を完全に理解してもらうことなど出来ない。でも、最後まで理解したいと願ってくれる仲間が出来た。卒業してバラバラになってしまったけれど、困った時にはいつでも頼りに出来る、そんな仲間が俺にはいる。

人間なんて下らない、そんな風に考えることで逃げていた俺を変えくれたのは、あの場所だった。あの時、同級生だった律野《りつの》に無理やり入部させられていなければ、今の俺はいない。風夏先輩とも朱利先輩とも知り合いになることはなかった。

あの演劇部に入って、正しく変われたのは俺だけじゃない。朱利先輩もまた、かけがえのない何かをあそこで手に入れたのだろう。

朱利先輩は溜息をついた。

「うちの母親、昨日のお昼頃、パート先で倒れたらしくてさ。脳内出血だった。仕事中で、病院に担ぎ込まれたのが早かったのが幸いしたんだろうな。命にかかわるなんてことはなかったみたいなんだけど、後遺症は残るらしい。介護も必要になる。家族は俺しかいないから、実家に戻らないわけにはいかなくなった。昨日、会社を早退して新潟に戻ったんだ」

それで、昨日はあんなに帰ってくるのが遅かったのか……。普段十一時過ぎには帰ってくる朱利先輩が帰宅したのは、深夜一時前だった。

「母親、なんだか、びっくりするぐらい小さくなっていてさ。俺がずっと脅威に感じていたこの人の愛情は何だったんだろうって。考え始めたら、よく分からなくなって。血が繋がっているって凄いな。あんなに高校生の頃、避けたかった相手なのに、家を出たことを後悔さえしたんだ」

「新潟に戻るんですか？」

不安そうに、ようやく口を開いた紗矢の一言目はそれだった。

「これから、もう一度病院に行かなきゃならないから、引っ越しなんかは、もう少し先になるだろうけど、東京には残らない」

「仕事はどうするんですか？」

「落ち着いたらうちに来れば良いって、そう副長に言ってもらってる。しばらくは退職金で何とかするつもりだけど、母親、まともな保険に入っていなかったみたいだし、入院費用も馬鹿にならないだろうから、働かないわけにはいかない」

朱利先輩は紗矢の頭に優しく手を置いた。

「そんな顔すんな。八月いっぱいはこの部屋、借りておくつもりだから」

「そんなことを心配しているわけないじゃないですか。お母さんの後遺症って……」

「頭だからな。命が無事だっただけ、感謝しないと。リハビリすれば何とか自力で日常生活に戻れる程度には回復するみたいだし。まあ、もう、一人にさせるつもりはないけど」

朱利先輩は時計を確認する。

「じゃあ、新幹線の時間もあるから、荷物をまとめて行かないと。当分帰ってこないと思うから、冷蔵庫の中の物、全部食べちゃって。残しておいても帰ってきたら捨てちゃうだろうから」

立ち上がり、朱利先輩はクローゼットに向かった。紗矢はその後ろ姿を必死で見つめている。

今、彼女が本当に欲しい言葉は何なんだろう。

俺についてきてくれ。本当はその一言が欲しかったんじゃないだろうか。今、俺と朱利先輩、どちらを選ぶかで迷っているとしても、こんな形ですべてに結論が出て良いわけがない。

今にも降り出しそうな雨雲みたいに、両目いっぱいに涙を浮かべて、それでも紗矢は泣かなかった。朱利先輩もまた、それ以上は何も語らず、出立の準備だけを整えると家を出た。

「落ち着いたら、また連絡するから。そっちも何かあったら携帯に連絡をくれ」

そんな言葉だけを残し、先輩は部屋を出て行った。

部屋の主を無くし、虚ろな空気が漂う中、俺と紗矢は向き合って座っていた。

どれくらいの時が流れただろうか。

俺たちは沈黙にやられ、黙していることに疲労していた。

「……分からないんです」

ポツリと紗矢が、そう漏らした。

「私、どうすれば良かったんだろう……」

相変わらず、涙を両目いっぱいに浮かべて、それでもそれを必死にこらえながら、紗矢は呟いた。そして、その言葉で何かのスイッチが入った。

「何で俺にそんなこと聞くんだよ。選ぶのはあんただろ」

自分でもよく分からないまま、立ち上がっていた。

「待って。どうして怒ってるんですか？」

後ろからかけられた声が震えていた。恐怖が混じったみたいな、そんな声。

「……怒ってないよ」

「零央君がそう言うのなら信じます。信じますけど、でも、やっぱり今、零央君は怒っています」

「何だよ、それ。矛盾してるじゃないか」

「でも、だって、そうじゃないですか」

「俺だって、よく分かんねえよ」

それが、正直な胸の内だった。

「自分のことだけど、分からないことだらけなんだ。あんたに会ってから、自分のこともよく分からない。あんたが好きだったのは俺だけど、今の俺はあんたが好きだった頃の俺なんかじゃない。どうしたら良いのか、どうすれば良いのか、聞きたいのは俺の方なんだ」

それなのに。

「……それなのに、何であんたが先に聞くんだよ」

俺と紗矢はただ、見つめ合うことしか出来なかった。同じリズムで呼吸をすること、ただ、それだけしか出来ない。俺と紗矢は今、世界中でお互いが一番近いのに、どうしてこんなにも遠いのだろう。

俺はそれ以上何も言えずに、朱利先輩の部屋を出た。

後ろから呼び止める声が聞こえてくることは、最後まで無かった。

8

「ほんっとうに馬鹿だね、あんたは！　一回、信濃川《しなのがわ》に飛び込んで死んでこい！」

一連の流れを報告していると、話が終わるより早く、風夏先輩に怒鳴られた。

「いきなり大きな声出さないで下さいよ」

「うっさいわね。出て行け！」

朱利先輩の部屋を出た後、どうしていいか分からなくなり、そのまま風夏先輩の家に来てしまっていた。

旦那の楠木さんは出張で家におらず、俺は思うまま今日の報告の続きをした。だが、朱利先輩が家を出て行った後、俺と紗矢の間で起こった微妙なすれ違いを話すと、間髪を入れずに怒鳴られたのだ。

「何なんすか、意味分かんないすよ」

「あんたに止めて欲しかったに決まっているでしょ。そんなことも分かんないわけ？」

「嫌なんすよ、そういう自信過剰なの」

「本音を晒してる女の涙を見て、まだ自信過剰みたいだからとか言ってる奴は屑だよ。あんたが甲斐性《かいしょう》無しなのは知っていたけど、ここまでゴミみたいな勇気しか持っていなかったとは、がっかりだわ」

「そこまで言うことないでしょ。先輩に言われると、結構へこむんすから。あー、泣きそうだし、ちょっと」

そこで、少しだけ間があった。

「あんたにはさ、泣いたって私がいる。相談出来る相手がいるじゃない。でも、その子は今も一人なんでしょ。紗矢は朱利先輩の部屋で一人きりなのだ。泣いたって、誰も慰めてなんてくれないんじゃないの？」

そうだ。今、紗矢は朱利先輩の部屋で一人きりなのだ。

この世の中で、誰一人頼る人間がいない女の孤独な夜を思った。

「可哀想な子だよ。朱利には『ついてこい』って言ってもらえず、あんたからも『行くな』の一言がもらえなかった。そんな子がさ、自分が愛されているなんて自信を持てるとは思えないけど」

深く、静かに、溜息を一つつく。

「でもさ、女の気持ちなんて分からなくないっすか？　深刻そうな顔してこっちを見つめたり、何でもないようなことで微笑んでみたり、説明されなきゃ分かんないすよ。中学三年生の時、彼女、夏ぐらいからずっと俺のこと好きだったんですよ。でも、俺、そんなの夢にも思わなかった。俺は結構、紗矢のこと見ていたと思うんすよ。でも、目なんか合ったこと無かった」

「そういうのは女の方が数段上手いからね」

「もう、本当に何考えてんだか分かんねー。あー、酒飲みてー」

俺がそう言うと、風夏先輩は冷蔵庫から白ワインを持ってきた。

「お口が肥えた舞原様のお気に召すか分かりませんけどね」

そう言って、目の前にグラスとワインを置く。

「安物だけど、ま、失恋ワインにならちょう度良いわよね」

「まだ、失恋って決まったわけじゃないんですけど」

「どのみち、この雨じゃ、あんた戻れないでしょ」

言って、風夏先輩は少しだけカーテンを開けた。

うちからここまでは、歩いても十五分かからない。来る時は晴れていたのに、いつの間にかびっくりするぐらいの土砂降りになっていた。

時刻は十一時を回っている。静かな夜を濡らすには、今夜の雨は激しすぎる。

「雨、降ってたんすね。気付かなかった」

「そうでもなきゃ、追い返してるわよ。その子が可哀想だもの。本当はさ、あんたはここで私とワインなんか開けている場合じゃないんだから」

ワイングラスを指先でもてあそびながら、彼女のことを想った。

この雨の中、紗矢は一人、朱利先輩の部屋で何を思っているのだろうか。

暗闇の中、膝を抱えて泣いているかもしれない。醜く刻まれた左手の痣をなぞりながら、孤独に震えているのかもしれない。

頭の中で寂しそうに佇んでいる少女。それは、あの体育館で初めて傷痕を見たその時から、俺が本当に守りたかった少女だった。俺の孤独を理解してくれる。それを分かろうとしてくれる。多分、そういう種類の、かけがえのない大切な……。

「やっぱり……。傘、借りてもいいすか」

風夏先輩は小さく笑った。

「どれでも好きなのを持っていきな」

「すいません」

先輩に頭を下げると、玄関へと駆け出す。


靴紐を結び終えたその時だった。

ポケットに入れたままの携帯電話が着信音を鳴らした。

この忙しい時に誰だよ。携帯を取り出し、背面パネルに目をやると、着信は朱利さんの自宅からだった。

朱利さんは実家に帰ったはずだ。となれば、これは紗矢に違いないだろう。彼女に携帯電話の番号は教えていないが、俺のナンバーは電話機本体のメモリーに登録されている。

「もしもし……」

『……零央君？』

聞こえてきたのは予想通り、紗矢の声だった。

驚くほどに小さく、弱々しい彼女の声。まるで震えているような……。

「ああ。そうだけど」

『ごめんなさい。迷惑だと思ったんですけど……』

消えそうなか細い声。

『さっき、朱利さんから電話が掛かってきたんです。私に言わなきゃいけないことがあるって』

身体の中を電流のようなものが走り抜けた。

そうきたか……。

愛の言葉を先に告げた方が、彼女の恋人になる。何となくそんな予感はあった。部屋を立ち去る時、朱利先輩が彼女に何も告げなかったのは、俺へもチャンスを与えるためだったんじゃないだろうか。だが俺には度胸が無かった。そして、それがすべてだ。

聞こうじゃないか。先輩、あなたの愛の言葉を、大好きな女の口から俺は聞くよ。いっそのこと、もう希望なんて持てないくらいに、現実を突きつけてくれ。

「先輩は何て?」

受話器の向こう、紗矢は答えない。

「別に隠すようなことじゃないだろ。言えよ。それを話すために電話してきたんだろ。

先輩、何だって？」

一度、しゃくりあげるような呼吸が聞こえた。

それから……。

『お前とは付き合えないって』

言葉の意味が分からなかった。

『結婚を考えた時、子どもを作れないお前とは付き合えないって』

「何でそんなこと、だって、今更……」

今度こそ、はっきりと分かった。

受話器の向こうから、抑えきれなくなった紗矢の嗚咽が漏れてくる。

紗矢は泣いていた。まるで悪さをして叱《しか》られる子どもみたいに。自分だけが完全に悪いから、反論のしようも言い訳をする隙もなくて、ただ怒られるしかない子どもみたいに、彼女は泣いていた。

『零央君、ごめんなさい……』

「何で俺に謝るんだよ」

『本当に……ごめんなさい。私を許して……』

「意味分かんないよ。何で俺に謝ってんだよ」

涙と嗚咽で途切れ途切れになりながら、彼女は言葉を続けた。

『朱利さんに振られて、やっと自分がどれだけ卑怯《ひきょう》な女だったのか気付いたんです。私は朱利さんを選べば良いのか、それとも零央君を想い続ければ良いのか、迷っていました。……自分でも情けなくなるぐらい、優柔不断な女なんです』

必死で嗚咽を抑えながら、紗矢は言葉を吐いていく。

『朱利さんは私を好きになってくれたのに。一ヶ月以上も黙って居候をさせてくれたのに。身勝手な私は朱利さんの気持ちなんて考えもしないで、零央君にまでアプローチを掛けようとしていました……』

何を言えば良いのか分からない。

紗矢の言葉に耳を澄ますことしか出来なかった。

『私は中学生の頃、零央君のことが大好きで、大好きで、もう、本当に命をかけてここに来たんです。振られたら死ぬって、そう決めて、私はそういう覚悟を決めて、朱利さんのところに転がり込みました。……朱利さんを零央君と間違えて、それは、どうしようもなく馬鹿な勘違いでしたけど、その人を零央君と疑いもせずに、恋をして、生きていたんです』

彼女は今、朱利先輩の部屋で一人きりだ。

こんなに激しい雨の闇夜に、一人きりで泣いている。

『あの人は零央君ではありませんでしたけど。でも、一ヶ月間、一緒に暮らして。私はきちんとあの人を、大人の彼を好きになったんですよ。自分の身体のことも話しました。朱利さんはそれでも良いって、自分の子どもなんていらないって、それは今思えば、優しい嘘だったのかもしれないですけど、そんな風にまで言ってくれたんです』

紗矢の嗚咽と言葉は止まらなかった。

『それなのに、私は本当に不誠実な女なんです。時間をくれるという朱利さんの言葉に甘えて、そう言ってくれた彼の気持ちを考えもしなかった……。零央君に近付いて、デートを申し込んで、再会を無邪気に喜んでいました……。零央君、軽蔑して下さい。私は零央君と朱利さんを両天秤に掛けていたんです』

「軽蔑なんてしないよ。別の男と比べることくらい普通にするだろ」

『事情も説明せずに、一ヶ月以上も転がり込んで。お世話になるだけなって。それでもそうすることが普通だなんて言えますか？　私にそんな資格はないですよ。だからこそ、こうして今、罰を受けたんです』

自分が振られたことは罰だと言うのか？

ちょっと待てよ。闇夜の真ん中で勝手に落ち込んで、独りよがりに決めつけるなよ。

俺たちは全能じゃない。迷うのなんて当たり前じゃないか。人を想うことが罰になんてなって良いはずがない。そんなことが、紗矢が傷つけられる理由になんて、なって良いはずがない。

だけど……。

受話器の向こうで涙を流す紗矢を、どうやって励ませば良いか分からなかった。

今、彼女に届く言葉が見つからない。

『どうして、いつも、私は失うまで気付けないんだろう……』

それは雨にだって溶けてしまいそうな頼りない声で。

『朱利さん、家を出て三時間もしてから電話を掛けてきたんです。どうしてだか分かりますか？　もう、零央は君に告白しただろうって。君は零央を選んだだろうって。だから俺も本当のことを言うよって。全部分かったみたいな声で、私の話なんて聞きもしないで。私の気持ちなんて知ろうともしないで……』

俺は何をやっているんだろう。

好きな女を孤独な闇夜に一人だけ残して。

泣きじゃくるその子を、世界で一人きりにして。

受話器の向こうで、紗矢の泣き声が止んで。

それでも、彼女にかける言葉が見つからなかった。

長い沈黙の後。

『零央君は優しいです』

受話器の向こうから聞こえてきた紗矢の声は、やはり消えそうだった。

「そんなことないよ」

『そうやって、零央君はすぐに否定しますけど、でも、やっぱり優しいです。私の話をいつも最後まで聞いてくれてありがとうございました。そんなことが私はたまらなく嬉しかったです』

そんなこと言わないでくれ。些細なことで、感謝なんてしないでくれ。

簡単に自分を卑下して欲しくない。いつだって無邪気に笑っていて欲しい。彼女に悩みなんて一つもなければ良いのにと、本気でそう思っているのに……。

『零央君、今までありがとうございました。あなたに会えて、本当に嬉しかったです』

それは別れの言葉だった。

勝手に話を完結させるなよ。俺にだって言いたいことはある。まだ彼女に伝えていなくて、だけど、どうしても伝えなければならない、そういう種類の言葉がこの胸に残っている。

「紗矢、俺……」

『さよなら』

俺の言葉をかき消すように彼女の囁きが聞こえて、そこで通話は途切れてしまった。

闇夜を濡らす、土砂降りの雨音だけが、世界を包んでいた。

9

「それでまた、のこのこと戻ってきたわけ？　何で追いかけないわけ？　あんたあの子のことが好きだって、私に言ったばかりじゃなかったっけ？」

俺はうつむくしかなかった。

「そうすね。好きですけどね。でも、だからって……」

風夏先輩の前に立ったまま、力なく両肩を落とす。

一方的に話を完結させたのは紗矢の方だ。

俺が彼女に言葉をかける暇なんてなかったのだ。

「何で俺が睨まれてるんすか。酷いのは朱利先輩の方じゃないすか」

先輩は鬼のような形相で俺を睨みつけたままだ。

「俺に何をしろっていうんすか。紗矢は俺に助けを求めてはこなかった。それがすべてでしょ」

今、この瞬間、世界中で一番情けない男が俺だとして、だからって、どうしろっていうんだ。慰めて欲しいならば、そう言えば良いじゃないか。追いかけてきて欲しいのなら、それが俺で構わないのなら、そう言ってくれれば良いのだ。

「そりゃ、彼女のことは心配ですよ。こんな雨の夜に一人きりで残されて、可哀想だなって、何とかしてあげたいなって思っていますよ。でも……」

今、別れを選んだのは紗矢の方だ。彼女がそういう答えを出したんだ。

「ねえ、そんな顔をしないで下さいよ。本当に俺にどうしろっていうんすか」

その時だった。

風夏先輩は蔑《さげす》むような笑みを浮かべて……。

次の瞬間、先輩は踵《かかと》で、思いっきり俺の足の甲を踏みつけた。

「いってえ！」

あまりの激痛に、踏まれた足を両手で押さえ、もう片方の足でジャンプしてしまう。

「馬っ鹿じゃないの！」

事態が理解出来ずにいると、先輩からの怒声が飛んだ。

「何なんすか、突然！」

「本当に痛かったのはどっちか分かる？　あんたを踏みつけた私と、あんたとどっちが辛いか分かる？」

「支離滅裂じゃないすか」

「好きだって言ってもらえなかった男と、好きだって言うわけにはいかなかった女と、どっちが辛いか、あんたには分からないわけ？　子どもが出来にくいから旦那に捨てられて、自分を好きになったはずの男にも、やっぱりそんな理由で振られて……」

「そんなこと今、何の関係があるんすか！」

「あんたが言うほど、簡単な問題じゃないんだからね！　今は良いわよ、私だって蓮君だって二十代だし、お互いがいればそれで平気よ。でも、周りはそんなことを思ってはくれない。私たちだって、いつか自分たちが変わってしまう日が来るんじゃないかって怖いのよ！　結婚してたって怖いんだからね！」

そうだ……。風夏先輩は結婚してから子宮を失っているのだ。

「二ヶ月前、蓮君が仕事で出掛けている間に、向こうの家の両親が彼に黙って訪ねてきたことがあるのよ」

　初めて聞く話だった。

「それまでもそういうことは何度かあったし、また、私を励ましに来てくれたんだと思ったわ。結婚してからも、ずっと良くしてもらっていたし、私は本当の両親のように思っていたのよ。でもね、蓋《ふた》を開けてみれば何てことは無かった。お金を積まれて、頭を下げられたわ。離婚してくれって。跡取りを産めない女を、嫁にしておくわけにはいかないって」

「そんなこと、今まで先輩一言も……」

「言えるわけないじゃない！　蓮君にだって話してないのよ！」

「何で、だって楠木さん、あんなに先輩のことを大事に思って……」

「それでも怖いのよ。蓮君が出て行った時、あの人が浮気するわけないって、頭の中で分かっていても、それでも怖かった。夫婦でもそうなのよ。私みたいに図太い女でも、毎日どれだけの恐怖に怯えていたか、あんたには分からないでしょ。その子がどんな気持ちだったのか、あんた本当にちゃんと考えたわけ？」

　言葉を返せなかった。

「その紗矢って子が、あんたと朱利のどっちを好きなのか、私には分からないけど。

でも、あんたは自分の想いばっかりなのよ。紗矢って子がどんな気持ちでいるのか考えたことないのよ。考えていたって、まるで理解なんてしちゃいないのよ。告白したって自分は振られるとか、昔の自分は彼女に好かれていたとか、全部、主語が自分じゃない。それ以上、一秒でもそんな風に突っ立ってたら、その子の代わりに私があんたをぶっ飛ばしてやるわよ！」

「……どれだけ雨が降ってると思ってんだ」

俺はきびすを返して、玄関に向かった。

この暗闇の中、紗矢は今、何を想っているのだろうか。

震える身体を自分で抱きしめて。

世界に一人きりだとしたら、零れた涙はどうすれば良いというのだろう。

ひったくるようにして傘を手に取ると、土砂降りの雨の中へ飛び出した。

10

「紗矢！　紗矢！」

朱利先輩の部屋のドアを叩くのだが、中から反応はない。鍵も掛かっているし、窓から覗いてみても、電気はついていない。

廊下には、扉と逆側の位置に、百合の花が活けられた花瓶が置いてあった。風に流された雨に打たれ、頭を垂れている。

紗矢は何処にも行くあてがないと言っていた。だから、ここから出て行くとは思っていなかったのだけれど。

まさかな……。

不安な思いを抱きながら一階のエントランスに戻り、二〇六号室のポストを開けた。封のされていない封筒が一枚入っていて、それを逆さまにすると中から一本の鍵が落ちてきた。フロアの床に落ちて、鈍い音と共に鍵は斜めに跳ねる。

嘘だ。冗談だろ……。

鍵を拾い、朱利先輩の部屋に戻る。

当たり前のようにロックは外れ、ドアは開いた。

真っ暗な台所。

明かりをつけると、テーブルの上に書き置きを見つけた。

『お世話になりました。　　紗矢』

あまりにもシンプルな彼女のメッセージを目にして、体中の力が抜けていった。

本気かよ……。本当に出て行ったのかよ……。

出て行くのなら、一言くらい俺にだって言ってくれれば良いのに……。

その時、テーブルの上にもう一つ残されている物があることに気が付いた。ぐしゃぐしゃに潰《つぶ》され、丸められた一枚の紙。開いてみると、それは未使用の新幹線のチケットだった。

東京駅発、新潟行き。

どうして、こんな物がここに……。

『私は中学生の頃、零央君のことが大好きで、大好きで、もう、本当に命をかけてここに来たんです。振られたら死ぬって、そう決めて、私はそういう覚悟を決めて……』

不意に彼女の言葉が蘇った。受話器の向こうで、泣きながら紗矢が語った言葉だ。

振られたら死ぬ？　そんな馬鹿な覚悟があるかよ。俺たちは、あんたが命をかけるに値するほど、上等な男じゃねえぞ。

朱利先輩の部屋から飛び出す。

手すりにつかまり、土砂降りの闇夜を睨みつけても、紗矢は何処にも見当たらない。

足元には雨に濡れている百合の花がある。

そうか……。

もう二度と戻らないと決めたから、この花が枯れないよう、彼女は雨に当たるこの場所に移したのだ。

こんなにも心優しい女の子なのに、もう、どっかで死んでるんじゃないだろうな。

傘も持たずに階段を駆け降りた。

ふざけんなよ、俺はまだ大事な言葉を何一つ告げていねえんだぞ！

何処へ追いかければ良いのかも分からぬまま、それでも雨の中を息が切れるまで走り、もつれた足が絡んで水溜りに突っ込んで転んでしまった。土砂降りの雨の中、擦り切れて血が滲む両手で、身体を支えて立ち上がる。

「消えるなら、どこへ消えるのかくらい言えよ！」

紗矢はどこへゆく？

彼女には今、俺たちの他に頼れる知り合いがいるのか?

俺には彼女の交友関係が分からない。びっくりするくらいに紗矢のことを知らない。

情けなくなるくらいに何も知らないのだ。

本当に分からない。どうすれば良い?

血が滲む手の平を擦り合わせながら、天を仰ぐ。

教えて下さい。彼女は何処へ行ったのですか?


『もしも死ぬのなら、私は線路の方が良いですけどね』


二人でスーパーに出掛けた時、紗矢はそんな風に言っていた。

そうだ……。

あれは、ディカプリオの話じゃなかったんだ。紗矢が俺を好きだったなんて、夢にも思っていなかったから気付かなかったけれど。


『……俺、死ぬ時は、線路の上で死にたい』

あの雨の図書室で俺が言った言葉を、彼女は胸の中にずっと大切に秘めていたのだ。

この辺りの線路は両側を高い柵《さく》でガードされていて、侵入出来ないようになっている。紗矢が向かったのはおそらく駅のホームだ。

腕時計に目を落とすと、時刻は十二時十分前。終電まで、あと六分も無い！

ここまで好きにさせておいて、今更、勝手に死ぬなんて許さねえぞ！

駆け出した。

みっともなくても良い。

泥だらけで、雨に濡れて髪型も決まっていなくて、笑われたって構わない。

死なないでくれ！

もう少しだけ、その呼吸を止めないでくれ！

最大速度で、持てるすべての力を動員して走った。よろけるように、転げるように、考え得る最大のスピードで、細胞をフル動員して駆けた。

ホームに電車の通過を告げるアナウンスが響いている。

間に合ってくれ！

その駅は窓口が地下にあった。階段を駆け降りると、切符も買わず、改札を飛び越えた。係員に怒鳴られながら、今度は一番近いホームへの階段を駆け上がる。

最初に見えたのは視界の隅に光る電車のライトだった。

白線付近には人影が一つ。違う。あれは紗矢じゃない。

信じられないくらいに激しく脈打つ心臓を押さえながら、顔を上げた。視界の先、向こう側のホームにフレアスカートが見えた。紗矢だ！

彼女はゆっくりとその一歩を刻み、まだ電車はホームに入ってきてなどいないのに、白線を越える。うつむいて、線路を見つめている紗矢はこちらに気付いていない。

叫びたいのに、息が切れて言葉にならなかった。

けたたましい警笛が鳴り響く。紗矢が白線を越えているからだ。もう電車は迫っている。しかも貨物列車、回送だ。

彼女は線路に向かって手を伸ばすような仕草を見せた。

ホームへと進入してきた列車に彼女は目をやり、その表情が苦悶《くもん》の色を見せた。

くそ、こんなところで終わりになんてさせるものか！

心臓を強く叩きつける。声よ届いてくれ！

「紗矢ぁっ！」

びっくりするくらい情けない俺の叫び声は、しかし、彼女の歩みを止める。

呆然《ぼうぜん》とした表情の彼女の視線が俺を捉え、

「死ぬなぁっ！」

もう一度叫んだ俺の声は届いただろうか。

次の瞬間、視界は走り抜ける貨物列車に遮られ、俺は紗矢の姿を見失った。

最終話

雨がくれたもの

譲原　紗矢

後篇

1

神様はいると思った。

小学生の時、一人きりの図書館で図鑑を開いていて、私はある花と出会った。プヤ・ライモンディ、百年に一度だけ咲くという花だ。もしもこの世界に神様がいないのであれば、こんなにロマンティックな花があるわけがない。寿命が尽きる時、一度だけ咲くというその花を想い、私の人生にだって、いつかそんな時が訪れるのではないかと希望に胸を膨らませた。

朱利《しゅり》さんの家に居候を始めた時、私には身に着けていた物の他に、もう一つだけ所持品があった。金券ショップで買った二ヶ月の有効期限がある新幹線のチケットだ。零央《れお》君に振られてしまった時、もしくはこの恋を諦めるしかなくなった時、死ぬのであれば、やっぱりあの高架の上から飛び降りたかった。今思えば、零央君の好きな高架が、私が死のうとした場所と同じだとは限らないのだけれど、私には何故だか間違いないように思えていて、もしも死ぬのならばそこに戻りたいと思っていたのだ。

アパートの前で倒れている振りをしたあの夜。雨に濡れても平気なように、チケットをプラスチックのケースに入れて、ブラウスの下に隠し持っていた。シャワーを借りた時に洗面台の奥に隠し、それを使う日など来ないことを祈った。

目の前を回送の貨物列車が走り抜けていく。

まるで耳がいかれてしまったかのように世界は無音だった。

ホームの向こう側にいたのは、本当に零央君だった？

視界は列車に遮られていて確信が持てない。それでも、やがて貨物列車は駆け抜け、視界が開けた。

両膝に手を当て、肩で息をしていた彼が顔を上げる。

「冗談じゃねえぞ」

ハスキーな零央君の声が聞こえた。

「何で飛び込もうとしたりすんだよ！」

ホームにいた何人かが彼に注目していたが、零央君は構わずに吠えた。

「言葉にしなきゃ分かんねえのか？　あんたが死んだら俺たちがどんな気持ちになるのか、そんなことも分かんねえのかよ！　どうして、そんな風に自分は誰よりも孤独だ、みたいな顔してんだよ！　あんたはそんなに一人ぼっちなのかよ！」

零央君は私に怒鳴っていたけれど、状況がよく飲み込めなかった。

「いいか、あんたが死んだら俺たちは悲しいんだ！　一緒に飯食って、映画観て、紀伊國屋に行った女が死んだら、こっちまで死にたくなるんだ！　そんなことぐらい、ちょっと考えたら分かるじゃねえか！」

「でも、私は……」

「でも、何だよ？　バツイチだからか？　子どもが出来にくいからか？　そんなちっぽけな理由で全部諦めるのかよ。死んでも良いからって、そこまで覚悟を決めて会いに来てくれたんだろ？　だったら最後までその覚悟を貫き通せよ！　勝手に諦めて死のうとかすんなよ！　もっと自分を大事にしろよ！」

大切な人が私の名前を呼んでくれるのならば、それだけで生まれてきたことに意味はある。状況がよく飲み込めないまま、零央君の言葉を私は反芻した。

そりゃ、死にたいとか思ったりもしていたけど……。

絶望って、こんな感じを言うのかななんて思ったりもしていたけど……。

なんだかまともに零央君の顔を見るのが恥ずかしくて、一度だけ空を仰いだ。

私の人生はいつも土砂降りで。雨が好きだという零央君の言葉だけを信じて、有りもしない希望にすがりつくだけのそんな人生だったけれど。

いつの間にか雨はあがっていて。

ホームから見上げる空に、月が斜めに張り付いていた。


零央君を真っ直ぐに見つめる。

「一つだけ。多分、零央君、勘違いをしていると思います」

線路の向こうにいる彼にも聞こえるように、少しだけ大きな声で言った。

「勘違い？」

「私が飛び込み自殺をしようとしたと思っていますよね？」

「違うのかよ」

「助けたかったんです。零央君がホームに来る前だと思うんですけど、野良猫が線路の上に迷い込んできちゃって。私、それを助けようと思って」

零央君の口が呆気《あっけ》に取られたように小さく開いた。

あの時、朱利さんに振られたショックで、私はずっとうつむいていた。すると、視界に子猫がフラリと入ってきたのだ。薄汚れた毛を、ぐっしょりと雨で濡らして、痩せた身体を震わせながら、その子猫は線路から私を見つめた。

咄嗟に白線を踏み越えたのと同時に貨物列車がやってきて、でも近くには誰もいなかったから自分でどうにかするしかなくて……。

その時、子猫のかすかな声が聞こえた。

線路を覗き込むと、ホームの下から痩せたその子が顔を覗かせていて。私を一瞥《いちべつ》すると一目散に線路を駆けていってしまった。

良かった。生きていた……。

列車に気付いて、ちゃんと逃げていてくれたんだ。

可笑しくて、私の口からは小さな笑いが零れて。同時に涙まで溢れてきた。

滲む視界の向こう。零央君は気持ちをどう自分の中で処理したら良いか分からないらしく。本当に子どものように困惑の表情を浮かべていた。

「零央君は私を心配して、来てくれたんですよね？」

「ああ、うん、まあ、それは」

「ありがとう。それだけで嬉しくて、本当にもう胸がいっぱいです」

線路の向こうまできちんと届くように、想いを声にして飛ばす。

「ずっと、好きになった人に好きになってもらえないのなら、死んでも構わないって思っていました。本当に大切な人に想ってもらえないのなら、死んだって一緒だと思っていました。でも、そんなの間違っていたんです。好きな人が出来て、こんなに幸せな感情を知ったのに、死ねるはずがありません」

逃げ道を死ぬことに見出したりなんてしない。そう決めたから。だから私は新潟行きのチケットを握り潰したのだ。

周囲を見回すと、私たち二人を注目していたであろう、ホームのお客さんたちが皆、一様に目を逸らした。

思わず小さく笑ってしまった後、優しく零央君に声を届ける。

「周りの人も見ていますので。そちらに行っても良いですか？」

私の言葉で初めて零央君は我に返ったようで。自分が皆に注目されていたことに気付いて、本当にこっちが吹き出してしまうほどに顔色が変わった。そういう彼の真っ直ぐなところが、とても好きだった。

結局、私が手にしていた切符で出発することはなく。零央君は係員に怒られながら一番近くの駅までの切符を買って、私たちは駅を出た。

「なあ、紗矢《さや》はどこに行くつもりだったんだ？」

並んで歩きながら、不安の入り混じった声で零央君が尋ねてきた。

「私が買った切符は、零央君と一緒ですよ。これからどうしようか、乗ってから考えようと思っていました。だから買ったのは最寄りの駅までの切符です。私には行くあてなんてないですから」

零央君は少しだけ考えて、それから一度空を仰いだ。

大きく息を吸い込んで、私を見つめる。

「さっき、好きな人が出来たって言っていたよな」

「はい。言いました」

「それって、結論が出たってことだよな？」

朱利さんと零央君と。

私が迷っていたのは事実だ。

だけど、そう、だけど……。

2

赤い軽自動車が止まっている洋風の小さな一軒家。『楠木《くすのき》』という表札の前で零央君は立ち止まり、チャイムを押した。

「高校の時の部活の先輩でさ、今も世話になっているんだ」

足音が近付いてきて、ドアが勢いよく開いた。

そこから飛び出してきたミディアムショートの女の人が、私たちを見て目を丸くした。この人が風夏《ふうか》さんだろうか。

以前、朱利さんから聞いたことがある。風夏さんは零央君が高校時代に好きだった人だ。少なくとも私とは全然似ていない。活力が有りそうで、力強くて、零央君がこういう人を好きになるのが妙に納得出来てしまった。

「馬鹿！」

開口一番そう言い放つと、風夏さんは持っていた雑誌で零央君の頭を叩いた。

「いって、ちょっ、何なんすか。いきなり」

「びしょ濡れじゃない。風邪でも引いたらどうすんのよ、責任取れるわけ？」

「責任ぐらい、幾らでも取りますよ」

もう一度、風夏さんは零央君を叩いた。今度はさっきより、少し優しかった。

「軽々しくそういうことを言うな」

風夏さんが私の手を取る。温《ぬく》もりが広がった。

「上がってシャワーを浴びて。身体を温めないと」

「でも、私……」

「零央の友達なんでしょ？　なら遠慮しないで。ほら、早く」

そのまま引きずられるようにして玄関の中へ入る。

可愛らしい雑種の子犬が不思議そうに私を見上げていた。目が合い、温かい気持ちに包まれたのだが、次の瞬間、呼吸が止まる。

小物や観葉植物で賑《にぎ》やかな玄関、そこで見慣れたビジネスシューズが視界に入ったのだ。身体に緊張が走ったことは、私の手を引く風夏さんにも伝わる。

「どうしたの？　……ああ、朱利の靴か」

私の視線を追い、すぐに風夏さんは気付いたようだった。

後ろから零央君も玄関に入ってくる。

「凄く言いづらいんだけどさ、あいつ、今、うちにいるのよね」

「はあ？」

後方で零央君が裏返った声を出した。

「いや、さっき来たっていうか……」

「どういうことっすか？」

零央君が風夏さんを問い詰めるより早く、廊下の向こうに彼が姿を現した。

「朱利さん……」

そこには夕方、アパートを出て行ったはずの朱利さんがいた。

何がどうなっているのか、さっぱり分からなかった。

3

風夏さんに案内されるまま、シャワーを浴びて。

前にもこんなことがあったなと、熱いバスタブに顔を埋めながら思い出していた。

朱利さんの家に初めて入ったあの夜。まさか一ヶ月後に自分がこんなことになっているなんて、夢にも思っていなかった。こんな未来、想像出来るはずがない。

人生とは、つまりそういうものなのだ。

未来は分からない。私の未来は、まだ確定なんてしていない。

「あのさ……。色々と、本当に申し訳なかった」

私は風夏さんの旦那さんのジャージを借りて、リビングのソファーに零央君と並んで座った。その私たちに向かって、朱利さんが深々と頭を下げる。

「結局、どういうことなんすか？　てか、先輩、お母さん放っておいて良いんすか？」

「うん、まあ、何ていうか」

困ったような顔をしながら、朱利さんは言葉を続ける。

「あれ、嘘」

「はあ？」

「いや、うちの母親、入院なんてしていないっていうか……」

「ちょっと待って下さいよ、え、何で？」

「零央、あんた何年こいつと付き合ってんのよ。いい加減慣れなさいよ。こいつの嘘なんて日常茶飯事でしょ？　朱利と夏音《かのん》の言葉は八割がでたらめなんだから。いちいち真に受け過ぎなんだよ」

「え、でも、仕事も辞めたって」

「辞めてない、辞めてない。つーか、さっきまで働いていたし。新潟に帰るとか冗談だし」

「笑えないのよ、あんたの冗談は。ちゃんと反省してるわけ？」

風夏さんに睨まれ、朱利さんは気まずそうに黙った。

「意味分かんないすよ。何が本当で何が嘘だったんですか？」

訳が分からないという顔で零央君が尋ねる。

「いや、まあ、今日のことは大体嘘かな。母親は倒れていないし、新潟になんて帰っていないし、当然、仕事も辞めていない。ああ、あと子どもが産めない女は恋愛の対象にならないとかって言ったのも嘘ね。むしろ俺、子どもいらないって思っている男だし」

そっちが、嘘だったのか……。

朱利さんは作ったような小さな笑みを浮かべながら話している。本心を悟られまいとしてこの人が見せる表情だ。

私は口を挟むことなく、ただ朱利さんを見つめながら、その話に耳を傾けた。

「何でそんな嘘を？」

「いや、まあ、恥ずかしい話なんだけど」

頭を少しだけ掻きながら、

「お前と紗矢を見ていたら、自分の俗悪さが浮き彫りにされて居たたまれなかったっていうか、お前らの純粋さみたいなものに対して、立つ瀬がなくなったというか」

「はあ……」

「こういう言い方が的確なのかは分からないけど。言ってみりゃ、零央は紗矢の王子様だったわけだろ。見ていて切なくなるんだ。ああ、紗矢って、零央と喋る時はこういう顔をするのか。これが恋をする女なんだろうなって。零央とのことは、俺なんかが嘘をついて踏み込んで良い場所じゃなかった」

朱利さんは私を見つめて。

「紗矢が俺を零央と間違えたあの日、すぐに訂正しなかったことを後悔してる。矛盾しているように聞こえるかもしれないけど、嘘をついたことは贖罪《しょくざい》のつもりだったんだ。想い合っているのなら、きちんと二人にくっついて欲しかったんだよ」

そのための小芝居だったというわけか。

私はリビングに入って以来、無表情を貫いている。

朱利さんは多分、今、私の胸の中に渦巻いている感情に、思い当たりもしていないだろう。

彼は本心を窺うように、不安そうな眼で私を見つめた後、

「何度も嘘をついて、本当に申し訳なかった」

深く頭を下げた。


幾ばくかの沈黙の後。

「で、朱利。あんたの言い分は分かったけど。正直、今更、嘘をついた理由なんてどうでも良いのよ」

冷たい笑みを浮かべながら、風夏さんが尋ねた。

「結局、あんたはこの子のことをどう思っているわけ？」

朱利さんは困ったように目を逸らして。言い訳を探す子どものような顔になった。

「ここまで周りを混乱させておいて、あやふやなまま逃げられるとでも思ってるんじゃないでしょうね。あんたの気持ちを、まだ一言も聞いていないわ」

風夏さんの迫力に気圧された朱利さんは、助け舟でも求めるように零央君を見たのだけれど、彼にも睨まれ、ようやく口を開いた。

「大人になるとさ、振られるのって怖いだろ？」

「それが本音？」

呆れたように凪夏さんが再度問う。

「こっちは一ヶ月、一緒に暮らしたんだ。それで否定されたら、やっぱきついって。あなたのことはよく分かりました。でも運命の人は、あなたではありませんでしたってことだろ。俺、零央の先輩だぜ。散々、兄貴風吹かせておいて、どうすんだよ、これから」

「男ってのは、どいつもこいつも」

凪夏さんは溜息交じりに吐き捨てた後、私へと視線を移した。

「悪い奴じゃないのよ。こいつら、どっちも。歪んでいたり、卑屈だったり、色々とネガティブな方向に複雑な奴らだけど」

私は朱利さんと零央君を順番に見つめる。

目の前にいる私の気持ちが分からないからだろう。朱利さんは平静を保っている振りをしているが、浮かび上がる不安げな眼差しを隠せないでいた。一方で、隣に座る零央君は、迷いのない瞳で、真っ直ぐに私を見つめている。

無表情を解き、私は一度、零央君に小さく微笑んだ。

それから、この場で初めての言葉を発する。

「二人がどんな人なのかは、もう知ってます」

私が見せた笑顔で、頃合いと判断したのだろう。隣に座っていた零央君は、私の肩に軽く手を置いた。言葉はなかったけれど、彼の想いが伝わってくる。

時に励ましは言葉を持たない。それでも伝わる想いはある。

「風夏先輩。俺、ちょっと相談あるんすけど良いですか？　出来れば二人で、別の部屋で聞いて欲しいんすけど」

風夏さんは私と零央君を交互に見つめて。それから、

「ふーん。聞かなくても分かるような気がするけど。まあ、良いか。おいで、私の部屋で良いわよね」

そう言って、携帯電話だけを持って立ち上がった。

「おい、待てよ。この状況で俺らを残すの？」

慌てたように言ったのは朱利さん。

「朱利、あんたさ。自分のこと頭が良いって思っているでしょ？」

風夏さんは薄ら笑いを浮かべて、

「でも、意外とそうでもないわよ」

彼を見下ろしながら、そう告げた。

「ほら、行くよ。零央」

風夏さんに急きたてられて、零央君もリビングから出て行った。

4

おどけるように笑ったり、軽い言葉でその場を茶化したり、そういうはぐらかし方は朱利さん独特の処世術だけれど。リビングに二人だけで残されて、さすがの朱利さんも口ごもっていた。

これは零央君が私に作ってくれたチャンスだ。適当にお茶を濁して、済ますつもりはない。私の決意が伝わっているのかは分からないけれど、部屋の隅の方を見つめたまま、朱利さんは微動だにしない。

今、私が胸の内に秘めているのは、あの日と同じ覚悟だ。

遠慮がちに、朱利さんが口を開く。

「零央のいつものパターンなんだけどな。あいつ、女が弱っているのを見ると駄目なんだ。スイッチが入るっていうか。感情が行動に直結するっていうか。俺、お前があいつに告白されたんだろうなって思っていたんだけど」

ばつが悪そうに朱利さんは私を見る。

「この状況ってことは、零央はお前に何も言ってないってことだよな？」

静かに頷く。

きまりが悪いのだろう。曖昧な表情を浮かべていた朱利さんだったが、その顔にはっきりと困惑と戸惑いの色が浮かんだ。

テーブルを挟んで、私と彼の視線が交錯する。

「一つだけ、朱利さんにお願いがあります」

「良いけど、何？」

「目を閉じて下さい」

「え、何で？」

明らかに混乱しながら、彼はその問いを口にした。

「良いから黙って閉じて下さい」

「ああ。じゃあ、まあ……」

戸惑いながらも彼が目を閉じて。

その長い睫毛《まつげ》を見つめながら、私は一度、深呼吸をする。

そして次の瞬間、彼の左の頬を全力で引っ叩いた。

「いって、何すんだよ！」

朱利さんは目を見開いたが、私の表情を見て、言葉を飲み込んだ。

「あなたの嘘は最低です。あれは、ついて良い嘘じゃないです」

頬に手を当てたまま、朱利さんは呆然とした眼差しで私を見つめている。

「私、死ぬ気で頑張るって言いましたよね。あなたのことを好きになったとも言いましたよね。どうして、逃げるんですか？」

朱利さんの眼が、少しだけ細くなった。無自覚だろうが、彼が真剣になった時に見せる癖だ。私はそんなことも、もう知っている。

「私は零央君のことが好きでした。学生時代、優しくしてくれたのは彼だけだったんです。社会人になって、学校よりも、もっと狭い世界で生きてきて。友達も出来なかったし、ずっと一人きりでした。だから、胸の中にいた零央君だけが、逃げ場所だったんだと思います。何度も、彼にもう一度会いに行こうって思いました。電話を掛けて、声だけでも聞きたいって、そんなことも何度考えたか知れません。でも、私はそのどれ一つとして実行に移せませんでした。怖かったんです。零央君は私の最後の砦《とりで》だったから、それを失ったら、もう本当に心が寄りかかる場所がなくなってしまうから」

私は十年間、零央君のことを思い出しては、何も出来なかった自分を後悔し続けた。

しかし、そんな日々から学んだこともある。

言葉にしなければ伝わらない想いがあるのだ。

どれだけ深くても、届けなければ伝わらない想いがある。

表も裏もなくなって、ただの一人として向き合う時、私たちが最後に出来ることは誠実であることだけだ。だから、私は何もかもを正直に彼に伝える。

「でも、もう十年が経ったんです。私が生きているのは、あの雨の匂いがする校舎ではありません。あなたの隣で、あなたの匂いを感じながら、私は生きているんです」

この一ヶ月間。

未来以外の何をも恐れずに、私は穏やかな日々を生きてきた。

ずっと考えていたことがある。

もしも、勘違いすることなく初めから零央君と再会していたら、私はどうなっていたんだろう。零央君のことを、やっぱり今の朱利さんのように好きになっていたのだろうか。零央君と朱利さんは、性格も生き方も全然違うけれど。それでも、同じように好きになっていたのだろうか。

その疑問には、答えを出せなかったけれど。でも、少なくとも今、胸の中にいる人は一人だけだ。私の想いは彼を選んだのだ。

「あなたと過ごした一ヶ月、私は幸せでした。何の変哲もない生活が、たまらなく幸福でした。日々が穏やかであることが、涙が出るくらいに嬉しかったんです」

平凡な毎日で構わない。

あなたが崇高な人でなかったとしても構わない。

「朱利さんは優しいです。ちょっと、小ずるいところも可愛いです。そういう何もかもが愛しくて、私はあなたを好きになりました」

これからの未来を共に生きるなら、朱利さんが良い。

「私はあなたを選びます。あなたでないと嫌なんです」

私の言葉に黙って耳を澄ましていた朱利さんは、話が終わったことを知ると、ようやく口を開いた。

「……何で、お前はそんなに良い奴なんだよ」

「きっと、朱利さんが良い人だからですよ。だから、そう見えるんです。他人は鏡ですから」

朱利さんは額に手を当てながらうつむく。

それから。

「自分がこんなに馬鹿な男だったとは思わなかったな」

ポツリと漏らしたそれは、彼の本音だっただろうか。

「本当にごめんな。でも、見捨てないでくれて、ありがとう」

「可愛いと思いますよ。そういうところ」

「あのさ、俺、もしかして結構、見透かされてる？」

私はそれには答えず、笑顔を彼に向けた。つられて彼も笑顔になって。

そうやって幸せは広がってゆくのだと、私たちは知った。

5

気を利かせて二階に上ったのだろう、零央君と颯夏さんを呼びに行くことにする。朱利さんに案内されて、廊下の突き当たりから階段を上ると、二人の話し声が聞こえてきた。

「あー。また振られたー」

廊下まで響くそれは、零央君の声だった。

「はいはい、だから言ったでしょ。あの子、超結婚適齢期なのよ。大学中退のワーキングプアが、国立卒の優良物件に勝てるわけないっつーの。ちゃんと就職して働け」

「でも、紗矢、俺のことが好きだったんすよ？　めちゃくちゃ悔しいっすよ。あの勘違いさえなきゃ、俺が彼氏だったかもしんないのに。一体、俺のどこが駄目だったんすかね？」

「顔と家柄以外のすべてよね」

「先輩、失恋中ぐらい優しく慰めて下さいよー」

零央君の情けない声が響いて。

朱利さんは苦笑しながら、口元に人差し指をかざした。私も笑顔で頷いて、私たちは忍び足で階段を降りた。

リビングに戻り、これから先のことなんかを朱利さんと話していたら、チャイムが鳴った。

風夏さんの旦那さんが帰ってきたのだろうか。

二人で玄関を覗くと、開いた扉から顔を出したのは風夏さんだった。

え、何で？……幽霊？

彼女は驚いて混乱する私を一瞥した後、

「久しぶりだな、朱利。まぐれで彼女が出来たというのは本当かい？」

風夏さんより一段低いトーンでそう告げた。

「こいつ風夏の双子の姉貴で夏音」

朱利さんが説明をしてくれて、夏音さんは無表情に私に一礼をした。

言われてみれば、確かに彼女と風夏さんの髪型は違った。

「つーか、情報早くないか？」

「風夏がどうしても来いと言うのでね」

階段を降りてくる足音が聞こえて、

「夏音、早かったじゃない」

振り返ると風夏さんと、泣きそうな顔の零央君がいた。零央君は恨めしそうに夏音さんを見ている。きっと、風夏さんにまだ慰めて欲しかったのだろう。泣きそうな零央君も可愛いな、なんて思ってしまったことは、朱利さんには内緒だ。

「お酒、買ってきてくれた？」

「柚子小町《ゆずこまち》と国産ビーフジャーキーで良かったかな？」

夏音さんは重たそうな紙袋を差し出す。

「さっすが高給取り。こういう時だけは、あんたも頼りになるのよね」

風夏さんは紙袋を受け取ると、鼻歌交じりに零央君と台所に消えていった。

夏音さんは靴を丁寧に揃えてから、私に向きなおった。

「お名前を拝聴しても？」

「あ、譲原《ゆずりはら》紗矢です」

「なるほど」

それだけ言うと、彼女は朱利さんを見て、ニヤリと笑った。

「どういう因果で、こんなに綺麗な女が、君に惚れるんだ？　確率論を明らかに無視しているじゃないか。コルモゴロフは死んだのか？」

よく分からないことを口走る風夏さんのお姉さんが面白かった。

そうして、私たちは夜遅くまで、なんだかよく分からない話で盛り上がったりしながら、お酒を飲み続けた。学生時代の朱利さんの恋愛を零央君はあげつらい、過去の傷口に風夏さんが塩を塗りこむ。私は朱利さんの良い所を挙げてフォローしながらも、この人たちは本当に仲が良いのだと実感していた。

夏音さんと朱利さんは久しぶりの再会らしく、懐かしそうに高校時代の思い出話を語り合った。ここにいる私以外の四人は、全員高校時代の演劇部仲間で。

高校に通っていない私には、彼らの青春を想像するしかないのだけれど。こうして一緒に笑っていると、自分にもそんな幸せな時代があったような気がしてきて、妙に幸福な気持ちに包まれた。

途中、トイレに立った時、廊下で夏音さんが待っていた。

何だろう。私は何か怒られるようなことでもしたのだろうか。

二秒ほど見つめ合った後、彼女は溜息をつく。

「やはり、私が誰かは分かっていないか」

言いながら、夏音さんは私を指差した。

「君の旧姓は小日向《おびなた》だろう？　風夏が電話で、譲原という女が朱利と付き合うことになったと言っていたから、まさかとは思ったんだがね。まったく世間は狭い」

「確かに小日向紗矢は私ですけど。あなたは？」

「夏の音と書いて、朽月《くちづき》夏音だ」

夏音……。

私の両親が交通事故で殺した男の娘の名前だった。ずっと、何て読むのだろうと思っていたのだけれど……。

突然の出会いに戸惑う私などお構いなしに、夏音さんは見覚えのある封筒を差し出してきた。

「これを返したくてね。私が君から金銭を受け取る理由はない」

それは、私が一ヶ月ほど前に彼女に送付した、全財産の入った封筒だった。受け取れずにいると、夏音さんは無理やり私の手に封筒を握らせる。

「これで終わりにしよう。相澤《あいざわ》と小日向の話はこれでお仕舞いだ。詮無《せんな》い詮索をするつもりはないが、君は結婚していたのだろう？　それが幸福な結末を迎えなかったのだろうことは察する。ただ、これは嫌味ではなく、単純に事実の話なのだが、君の苗字が変わっていたことで、幸いにも風夏は君があの小日向紗矢だとは気付いていない。そして、それは、これからもそうであった方が良い」

「でも、私は風夏さんにも謝罪しないと」

「君に罪は無いんだ。余計なことはしなくて良い。時期がくれば私の方から風夏には話を通そう」

「ですが……」

「忠告を聞くべきだ。風夏は君が思っているより激情家で複雑な女でね。未だに父親のことを根に持っている」

その時、リビングのドアが開いて、零央君が顔を覗かせた。私と夏音さんが立ち話をしていたことに気付いたようで、不安そうな顔でこちらにやって来る。

「ちょっと、何を二人で話してんすか？」

「婦人のお手洗いに覗きをかけるとは不届きな男だな」

「いつまでも帰ってこないから、どうしたのかと思っただけっすよ。てか、二人が喋るような話題なんて無いじゃないですか」

「君の与り知らないところでも世界は動いているのだよ、探偵君。精進するが良い」

そう言い残すと、夏音さんは軽快な笑みを残し、颯爽《さっそう》と部屋へ戻っていった。

「ったく、毒舌だよな」

私は思わず笑ってしまった。

「夏音さんも何だかんだで、零央君のことを気に入っているんだと思いますよ」

「それは無いって。あの人が誰かに気を許すところなんて見たことないし。感情っつうかさ、心が欠落してんだよ、絶対」

「聞こえているぞ」

ドアが小さく開き、夏音さんが零央君を睨みつけた。

「今度は盗み聞きかよ、性質《たち》わりいな」

嘆くように呟いた零央君が可笑しくて。

私は再度、声をあげて笑ってしまった。

今度こそ、夏音さんがリビングに戻ったことを確認して。それから零央君は尋ねてきた。

「朱利先輩には、きちんと伝えられた？」

「はい」

電話で振られてしまった時、一度、私は朱利さんのことを諦めている。だけど、ホームでのやり取りの後、零央君がくれた言葉が私を変えた。

朱利さんはお母さんの病気のことで自暴自棄になっているだけかもしれないとか、私の身体のことを勘違いしているのかもしれないとか。様々な理由を列挙して、零央君は私を励ました。

自分の気持ちを伝えもしないで諦めちゃ駄目だ。報われない未来は怖いかもしれないけど、でも、そんな理由で殺されちゃ、その気持ちが可哀想だ。

零央君の言葉は私の心を打った。彼の想いこそが、私に勇気をくれたのだ。

「ありがとうございました。零央君のお陰です」

「友達だしな」

それが強がりだと、私はもう気付いているけれど。

「はい。私と零央君は立派な仲間です」

気が付かない振りをすることも優しさだ。

「今度さ、朱利先輩の秘密とか、こっそり教えるよ。もう二度と嘘をつけないように、弱みを握っちゃえよ」

「うーん。ちょっとずるいような気もしますけど、その裏技は魅力的です」

「うん、いつでも相談して。俺は紗矢の味方だからさ」

零央君は優しい。中学生の頃の、私が好きだった彼とは随分と変わっていたけれど。

今も零央君は素敵だと思うよ。

口には出さずに、リビングへ戻る彼の背中にそう告げた。


風夏さんが作ってくれた夜食なんかを食べながら、一晩中談笑を続けて。

朱利さんが皆に愛されていること。私はそれをたった一晩で思い知った。私もその中の一人になれたらどんなに幸せだろう。

一ヶ月前、私は悲愴《ひそう》な決意を秘めて、朱利さんの元を訪れた。

愛する人に振り向いてもらうため、死ぬ気で、あらゆる努力を惜しまない覚悟を決めたはずだった。だけど、振り向いてもらえるとは限らない想いを貫き通すことは、時に難しい。

どれだけ深く想ってみても、恋心は報われるとは限らない。私にとってその人が運命の人であっても、その人にとってもまた、私が運命の人であるとは限らない。

心は挫《くじ》けそうになる。相手に迷惑をかけることが怖くなる。

穏やかな愛を知って、心は少しずつ、少しずつ、臆病になる。

だけど私は今、ようやく。本当に欲しかった場所を手に入れた。どんなに冷たい土砂降りの雨の中でも、ここにだけは光が差し込む。そんな雨宿りみたいな暖かな場所。
大好きな人の隣にいることを許されて、初めて、私は私に生まれて良かったと心の底から思った。朱利さんに出会えた私で良かった。

夜が明けて、眠気もあったけれど、私たちは帰ることにした。
朝の日差しは、徹夜明けの私たちには強烈過ぎるほどに眩しいけれど。
見上げれば、そこには雲一つない、澄んだ蒼空《あおぞら》が広がっていた。

手なんかを繫ぎながら、少しだけ照れたりなんかもしながら。
この真っ直ぐに延びる道の上。
日差しの良い穏やかな夏の朝を、私たちは歩いて二人で帰るのだ。

蒼空時雨

了

あとがき

大学を卒業し、働き始めて半年が過ぎた頃。後頭部を襲う原因不明の痛みに二週間ほど悩まされ、脳外科へ行きました。簡単な診察の後、ストレスによる偏頭痛と診断されたのですが、念のため、CTを撮ってもらうことになりました。スキャン後、診察室に入ると担当医の顔色が変わっていて、レントゲン画像を見せられました。そして左の前頭葉の辺りに、直径二センチほどの丸い白い影が……。

「脳腫瘍《のうしゆよう》の可能性がありますので、早急に精密検査を行います。出来れば明日、仕事を休んでもう一度いらして下さい」

その言葉を反芻《はんすう》するまでもなく、同じ病気で友人を亡くした経験があったため、一気に血の気が引き、病院を出た後、空のあまりの蒼さに軽い目眩を起こしてしまいました。帰宅後、ダンボール箱を用意し、この世を去る準備を始めました。それまでに書き連ねた小説や日記など、死後人様の目にさらしたくない数々を仕舞い込み、『決して中身は見ずに処分して下さい』と一筆添えました。

レントゲン写真を見せられて以降、頭痛は左の前頭部から発生していました。後頭部だと思っていたのは勘違いだったようです。そこに何かしらの異常があるという推測は、確信に変わりました。本当に驚くほどに、左の前頭部が痛んだのです。

翌日、仕事を休んで病院へと赴き、精密検査を受けました。

「綾崎さん、具合は如何《いかが》ですか？」

「先生、勘違いをしていました。昨日は後頭部に痛みがあると言いましたが、気付いたんです。痛みは左の前頭部でした。確実に、ここに異常があるような気がします」

スキャン写真を見ながら、悲痛な面持ちを見せるお医者様。

「綾崎さん、非常に申し上げにくいのですが……」

「覚悟を決めてきました。はっきり言って下さい。真実を知りたいんです」

「レントゲンは左右が逆に写りますので、綾崎さんに異常があるのは右の前頭葉です」

「…………。」

「…………。」

「では、まさか、この痛みは勘違い的なアレですか？」

「おっしゃる通りです。ご安心下さい。検査の結果、脳腫瘍でもありませんでした」

そんなやり取りがあった神無月《かんなづき》でした。

遅くなりましたが、初めまして。

綾崎隼と申します。

新人である私の拙作《せっさく》を手に取って頂き、誠にありがとうございます。感謝の気持ちと喜びを正確に伝えるため、過去の体験談を記しました。

『偏頭痛事変』の際、私は一度、死を覚悟しました。その後、幸運にも大事に至ることなく、日常に回帰出来た時、生きていることを深く感謝しました。これから先の一日一日を大切に生きていこうと、胸に誓いを立てました。

この度、こうして賞を頂き、小説を刊行するという夢を叶えることが出来ました。このチャンスを頂けたことは、まだ生きていけるのだと知った時と同様の喜びです。

しかし、人間とは時と共に忘れてしまう生き物です。あんなにもヘディングを怖がっていたのに、お医者様から許可を頂いた途端、気付けば勢い余ってゴールポストにヘディングをかまし、そのまま病院送りになってしまうような愚かな生き物なのです。

この喜びと感謝を忘れず、謙虚な気持ちで創作活動に励みたいと思っています。

どうしても述べておきたい謝辞があります。

選考委員の先生方を始め、メディアワークス文庫編集部、賞の選考に関わって下さいましたすべての皆様。校閲、印刷の関係者様。本当に、ありがとうございます。

イラストレーターのワカマツカオリ様。このような新人の表紙を引き受けて下さったことに、感謝の念は尽きません。赤レンガ倉庫でその絵葉書に一目惚れした日から、ずっと大好きです。

右も左も分からない私の可能性を見出し、いつも励まして下さる、担当編集の三木さん。本当に深く感謝しております。今後とも、どうぞよろしくお願い致します。

拙《つたな》い素人の小説を読み、相談に乗ってくれた友人各位。こうしてスタートラインに立てたのは、皆の助けがあったからです。ありがとう。これからも、何卒よろしく。

そして、最後に、大切な読者の皆様へ。

あなたがこの本を手に取って下さったことで、夢が叶いました。恩返しにもなりませんが、ささやかでも楽しんでもらえたのであれば、望外の喜びです。

変わらない日常の中で、小説を読んだ時に広がる非日常の風景。そんな世界が大好きです。この物語を通して、あなたの中に、いつもと違う風景を描けていたならば幸いです。

願わくは、この幸せな時間が、いつまでも続いてゆきますように。
あなたと別の書籍で、もう一度、会えることを祈っています。

綾崎　隼

綾崎　隼　著作リスト

蒼空時雨（メディアワークス文庫）

メディアワークス文庫

蒼空時雨《あおぞらしぐれ》

綾崎《あやさき》 隼《しゅん》

発行　2010年1月25日　初版発行

発行者　高野 潔
発行所　株式会社アスキー・メディアワークス
〒160-8326　東京都新宿区西新宿4-34-7
電話03-6866-7311（編集）
発売元　株式会社角川グループパブリッシング
〒102-8177　東京都千代田区富士見2-13-3
電話03-3238-8605（営業）
装丁者　渡辺宏一（有限会社ニイナナニイゴオ）
印刷・製本　加藤製版印刷株式会社

ISBN978-4-04-868290-9 C0193
JASRAC 出0915889-901

アスキー・メディアワークス　http://asciimw.jp/
メディアワークス文庫　http://mwbunko.com/

本書に対するご意見、ご感想をお寄せください。

あて先
〒160-8326　東京都新宿区西新宿4-34-7　株式会社アスキー・メディアワークス
メディアワークス文庫編集部
「綾崎 隼先生」係

メディアワークス文庫

シアター!

貧乏劇団の救世主は「鉄血宰相」!?

新生「シアターフラッグ」幕開ける!!

有川 浩

とある小劇団「シアターフラッグ」に解散の危機が迫っていた!!
人気はあってもお金がない! その負債額300万!!
主宰の春川巧は、兄の司に借金をして未来を繋ぐが
司からは「2年間で劇団の収益から借金を返せ。
できない場合は劇団を潰せ」と厳しい条件。
巧はプロ声優・羽田千歳を新メンバーに加え、
さらに「鉄血宰相」春川司を迎え入れるが……。
果たして彼らの未来はどうなるのか!?

定価:641円 ※定価は税込(5%)です。

発行●アスキー・メディアワークス あ-1-1 ISBN978-4-04-868221-3

メディアワークス文庫

第16回電撃小説大賞〈選考委員奨励賞〉受賞作！

わたしはこの店で、
あなたの帰りを
待っています――。

空の彼方

著●菱田愛日
イラスト●菜花

空の彼方
菱田愛日
メディアワークス文庫

王都レーギスの中心部からはずれた小さな路地に隠れるようにある防具屋「シャイニーテラス」。陽の光が差し込まない店内に佇む女主人ソラは、店を訪れる客と必ずある約束をかわす。それは、生きて帰り、旅の出来事を彼女に語るというもの。店から出ることの出来ないソラは、旅人たちの帰りを待つことで彼らと共に世界を旅し、戻らぬ幼なじみを捜していた。

ある日、自由を求め貴族の身分を捨てた青年アルが店を訪れる。彼との出会いが、止まっていたソラの時間を動かすことになり――？

これは、不思議な防具屋を舞台にした心洗われるファンタジー。

定価／599円 ※定価は税込(5%)です。

発行●アスキー・メディアワークス ひ-1-1 ISBN978-4-04-868289-3

メディアワークス文庫

ガーデン・ロスト

紅玉いづき

壊れやすく繊細な少女たちは寂しい夜を、どう過ごすのだろうか——

誰にでも優しいお人好しのエカ、漫画のキャラや俳優をダーリンと呼ぶマル、男装が似合いそうなオズ、毒舌家でどこか大人びているシバ。女子高校生4人が過ごす青春の切ない一瞬を、四季の流れとともにリアルに切り取っていく——。

定価:557円
※定価は税込(5%)です。

発行●アスキー・メディアワークス　こ-2-1　ISBN978-4-04-868288-6

メディアワークス文庫

書き下ろしオールカラー！

ドキリとする、
ウルッとする、
元気になる、
胸が痛む、
答えを探す、
大切な人に会いたくなる、
そんな〝心動く掌篇〟
18篇を収録。

お茶が運ばれてくるまでに
A Book At Cafe

文●時雨沢恵一　絵●黒星紅白

あなたはイスに座って、ウェイターが注文を取りにきました。
あなたは一番好きなお茶を頼んで、そして、この本を開きました。
お茶が運ばれてくるまでの、本のひととき——。

定価／557円 ※定価は税込(5%)です。

発行●アスキー・メディアワークス　し-1-1　ISBN978-4-04-868286-2

発行●アスキー・メディアワークス　こ-1-1　ISBN978-4-04-868287-9

メディアワークス文庫

カスタム・チャイルド
―罪と罰―

壁井ユカコ

金髪碧眼の至高の美少年ながら母に遺棄された過去を持ち、
〝犯罪者の遺伝子〟に傾倒する春野。
父が愛好するアニメキャラクターの実体化として作られた少女レイ。
遺伝子操作を拒絶するカルト狂信者の両親を持つ〝遺伝子貧乏《ジーンプア》〟清田――
16歳の夏、予備校の夏期講習で出会った3人は、
反発しあい傷つけあいながらもかけがいのない友情を築いていく。
遺伝子工学分野のみが極端に発展し、
子どもの容姿の〝デザイン〟が可能になった仮想現代を舞台に、
社会によって歪められた少年少女の屈折や友情を描く、
著者渾身の長編青春小説。

第9回電撃小説大賞〈大賞〉受賞者、壁井ユカコが贈る
遺伝子工学の申し子たちによる青春ストーリー。

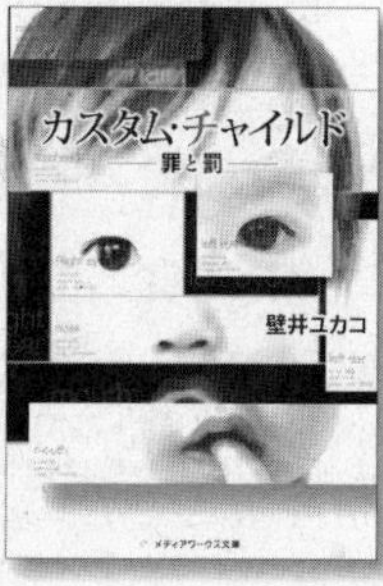

定価:683円
※定価は税込(5%)です。

発行●アスキー・メディアワークス　か-1-1　ISBN978-4-04-868223-7